中华文史故事 第一辑

宋词 故事

◎ 张巨才 主编

张黎阳 曹文静 于戎 金梅 编著

中州古籍出版社
·郑州·

图书在版编目(CIP)数据

宋词故事／张巨才主编. —— 郑州：中州古籍出版社，2018.1

（中华文史故事）

ISBN 978-7-5348-7005-7

Ⅰ.①宋… Ⅱ.①张… Ⅲ.①历史故事-作品集-中国 Ⅳ.①I247.81

中国版本图书馆CIP数据核字(2017)第078143号

出版社：中州古籍出版社

（地址：郑州市经五路66号　邮政编码：450002）

发行单位：新华书店

承印单位：河南文华印务有限公司

开本：640mm×960mm　1/16　　**印张**：18.25

版次：2018年1月第1版　　**印次**：2018年1月第1次印刷

定价：30.00元

本书如有印装质量问题，由承印厂负责调换。

目　录

琵琶拨尽相思调 …………………………………… 1

砌下落梅如雪乱 …………………………………… 6

花明月暗笼轻雾 …………………………………… 9

教坊犹奏别离歌 …………………………………… 12

子规啼月小楼西 …………………………………… 16

无言独上西楼 ……………………………………… 18

梦里不知身是客 …………………………………… 20

凤笙休向泪时吹 …………………………………… 23

春花秋月何时了 …………………………………… 26

长烟落日孤城闭 …………………………………… 29

无可奈何花落去 …………………………………… 33

云破月来花弄影 …………………………………… 36

刘郎已恨蓬山远 …………………………………… 39

落尽梨花春又了	44
潇洒太湖岸	47
春愁转更难禁	51
销魂，当此际	54
飞红万点愁如海	60
去年春恨却来时	65
凌波不过横塘路	69
尽道君恩须报	73
把浮名换了浅斟低唱	79
正值升平，万几多暇	83
三秋桂子，十里荷花	86
平山阑槛倚晴空	91
行人更在春山外	94
柳外轻雷池上雨	98
六朝旧事如流水	101
柔蓝一水萦花草	105
时见疏星渡河汉	111
千里快哉风	116
伤高怀远几时穷	120
死前吟柳词	123
千古江山令人愁	125
雨中花色添憔悴	128

应折柔条过千尺……………………………… 132

敛余红、犹恋孤城阑角 ……………………… 138

且插梅花醉洛阳 ……………………………… 143

斗酒彘肩,风雨渡江 ………………………… 147

断桥横路梅枝亚 ……………………………… 151

又搅碎一帘花影 ……………………………… 156

更无一片花落 ………………………………… 160

帘卷天街人顶载 ……………………………… 164

望中秀色仙都是 ……………………………… 168

中夜呼啸济黄流 ……………………………… 172

知音少,弦断有谁听 ………………………… 176

自古英雄都是梦 ……………………………… 179

气吞万里如虎 ………………………………… 185

醉里挑灯看剑 ………………………………… 189

山盟虽在,锦书难托 ………………………… 193

只有香如故 …………………………………… 205

功名不信由天 ………………………………… 209

当年万里觅封侯 ……………………………… 213

常记溪亭日暮 ………………………………… 217

花自飘零水自流 ……………………………… 221

人比黄花瘦 …………………………………… 225

怎一个愁字了得 ……………………………… 229

翠水瀛壶人不到 …………………………………… 233
济时有策从谁吐 …………………………………… 237
折得梅花独自看 …………………………………… 241
是落红带愁流处 …………………………………… 246
万户侯何足道哉 …………………………………… 250
水空天阔恨东风 …………………………………… 254
余生自负澄清志 …………………………………… 259
五十弦愁满湘云 …………………………………… 263
正霜鬓秋风尘染 …………………………………… 266
红萼无言耿相忆 …………………………………… 272
庾郎先自吟愁赋 …………………………………… 278
却笑英雄无好手 …………………………………… 283

琵琶拨尽相思调

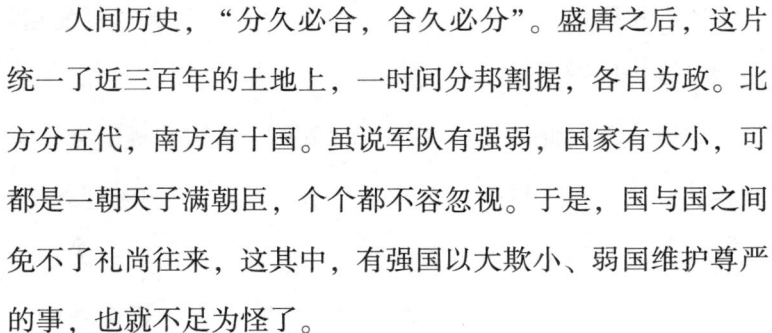

人间历史，"分久必合，合久必分"。盛唐之后，这片统一了近三百年的土地上，一时间分邦割据，各自为政。北方分五代，南方有十国。虽说军队有强弱，国家有大小，可都是一朝天子满朝臣，个个都不容忽视。于是，国与国之间免不了礼尚往来，这其中，有强国以大欺小、弱国维护尊严的事，也就不足为怪了。

后周传至世宗一朝，依然国富民安，实力不减当年。这一日，世宗免了早朝，在后殿批阅奏折。当他看到最后一篇时，提起了笔迟疑着，久久不能落下。原来这是南唐特使带来的一封书信，信中虽没有说什么紧急之事，但在最后向后周发出邀请，希望世宗能派使臣往江南走一走、看一看。这可叫周世宗犯了难，该派什么人去呢？尽管世宗早有这个打算，但因确定不下人选，才迟迟未能执行。今日，事情逼到眼前了，世宗索性放了笔，细细地思量起来：两国往来，不可等闲视之，这使者既要德高望重，又要智勇双全，有礼有节，才能不辱使命。据说那南唐皇帝，还是个精通音律、善写诗词的高人，那么，派去的使臣也要晓五律、善诗词才好。周世宗不觉想起新近才任命的翰林承旨陶穀。那陶穀，字秀实，出身于名门望族，祖父是盛唐时的唐彦谦，他本人也做过仓部郎中、兵部侍郎等官，如今又被封为翰林承旨，真是再合适不过的人选了。周世宗心下满意，遂传旨召陶穀入殿。

陶穀接受了皇帝的旨意，不敢怠慢，一路上晓行夜宿，来到了南唐国都。

南唐上下对此事极为重视，陶穀刚在客馆安顿下来，宰相韩熙载已亲自来拜望。陶穀手拿帖子心想："我来到此地，既是代表后周王朝，就该显出些大国风范，可不能让人小看了。"想到这儿，他对手下说："有请。"自己便坐在厅中主位等待，见韩熙载趋步入门，也不起身相迎，只点点头，算是见过礼了。韩熙载也不在意，慰问了旅途劳累，说道："陶学士千里迢迢到了江南，恐多有不便，今日我带了一名家姬，愿能服侍您左右，少一点客馆寂寞。"陶穀也不推辞，傲气十足。

第二日天明，韩熙载刚刚起床，就见昨日送给陶穀的家姬被人送了回来，并附一信。信中说："巫山之丽质初临，霞侵鸟道；洛浦之妖姬自至，月满鸿沟。"熙载读罢莫名其妙，不知所云，随身带上信入朝，出示给满朝大臣细研，都不能理解陶穀言中之意。无奈，熙载回到府中召来家姬询问原因。家姬自陈："昨日奉命服侍那后周来的陶学士，但此人架子太大，对人爱搭不理。奴家不曾有得罪他之处，只是那晚在彼处浣濯罢了。"众人一听，十分气愤。一个侍卫道："相爷，那陶穀确实狂傲，在客馆初次相见，他就无理，今日又假装正经。"另一个说："他明明是凭借周朝国大气盛来欺负我们小国。相爷，我看应该给他点颜色看看。"韩熙载拦住众人，沉思片刻，道："我自有办法，到时会请你们看一场好戏。"

几日后，天色未明，独居客馆的陶穀便被一阵扫地声吵醒。他起身下床，从窗缝间向院中望去，只见一位素衣女子手持笤帚一下一下扫着落叶。那女子虽然衣服破旧，却影响不了她的美丽姿容，衣褶下露出冰雪肌肤，明眸中闪动着诱人流波。她不施粉黛，更少了矫揉造作之气。陶穀一见心喜，不料自己竟有如此艳遇。他信步出门，立于檐下，轻咳一声，想引起那女子的注意。可那女子毫无反应，依旧如故。

一连几天，那女子都在院内打扫，但任陶穀如何引逗，她都不予理睬，做完事便径自离去。陶穀越发感兴趣，加上孤馆独眠，冷清难耐，他便主动与那女子搭话："我乃周使臣陶穀，日日见你干这粗活，真是辛苦了。"那女子闻听此言，面带愁容，先叹一声："唉，我乃秦弱兰，一名驿卒之女，夫君早逝，只得来投奔父亲。我一个弱女子无何生计，只能来这儿干些笨重之活。"陶穀心中欢喜，调笑说："小娘子，我也无依无靠，住在这冷清之处，你若有意，我俩正好可以相伴。"

夜晚，秦弱兰如约而至。陶穀极为高兴，一时间忘了重任在肩，赠弱兰一首《风光好》：

好姻缘，恶姻缘，只得邮亭一夕眠，会神仙。琵琶拨尽相思调，知音少。再把鸾胶续断弦，是何年？

随后，二人共度良宵美景。

天亮后，秦弱兰离去。宫中来人请陶穀与南唐皇帝相见。

陶穀来到宫殿，依然一副凛然不可侵犯的模样。南唐皇帝设宴款待，酒宴上，他也总是板着面孔，一本正经。"饮酒没有乐曲助兴，岂不是美中不足？"南唐皇帝说道，"来人，为陶学士唱一支曲，助一助酒兴。"随着话音，一名女子来至殿前。陶穀细看，不是别人，正是昨夜的秦弱兰，心中惊动，明白自己中了圈套——

原来，那秦弱兰本是金陵名妓，被韩熙载召去，伪作驿卒女，诳骗陶穀，只为打消陶穀的狂傲之气。前面的一幕，全是韩熙载一手导演的。

此时，殿上响起了秦弱兰的歌声："好姻缘，恶姻缘……"听得陶榖满面通红，如坐针毡，他赶忙起身，一揖到地，向李后主、韩熙载谢罪，全无往日之辞色。

陶榖回到客馆，十分沮丧。当天就收拾行装，离开了南唐。

砌下落梅如雪乱

李煜初名从嘉，字重光，是南唐中主李璟的第六个儿子。自幼好古，为文作赋，有汉魏古风。后来他即位做皇上，因为他是南唐的最后一个皇帝，所以史称"李后主"。

李煜有个弟弟叫李从善。李璟在世时，太子李冀便病死了，李煜被封为吴王，居住在东宫。大臣锺谟劝说中主道："吴王从嘉轻浮，为国家大业考虑，请您立纪国公从善。"李璟并不听劝，要锺谟不要多言。锺谟以国事为重，再三申辩，竟惹李璟大怒，将他贬为国子司业，而李煜仍为太子。李从善内心不平。

李煜即位，从善被封为韩王，却不得重用。兄弟之间，宿怨难平。

开宝四年（公元971年），李煜派李从善入宋朝见宋太祖。

宋太祖雄心勃勃，此时大半江山在手，卧榻之下岂容他人鼾睡,便有意迫使李煜归降。于是,宋太祖见李从善入朝,便授他为泰宁军节度使,留居京师,赐甲第于汴阳坊。李从善乐得相从,心想:"在皇兄那里是做官,在此处也是做官,只要是有官做,又何必分南北,又何必拘于唐、宋。古人旷达,能'乐不思蜀',我李从善又何必耿耿于臣节?如今光景,皇兄已不修朝政,只求苟安一时,偏信谗言,而置忠良于不顾。国家最终要丧于他手,与其他日做阶下囚,不如早做富贵侯。"便无心归唐了。

李煜见弟久不归朝,便写信求宋太祖归还从善。宋太祖将信让李从善看过,问道:"你兄来信相召,你是去是留?"李从善说:"愿从陛下。"宋太祖十分满意,加恩抚慰从善,并授予幕府将吏常参官,以笼络其心。

从善的妃子常入朝见后主,追问从善为何不归,号哭不已。后主无言以答,以后一听说从善妃将到,便赶紧躲避起来。

李煜思念从善,凭高北望,泪洒襟袖,左右随从都不敢仰视。后主日夜盼望弟弟归来,却总是心愿落空。心中忧郁,写下《却登高文》,文中道:"我如今壮志沉没,心凄情伤,家道日艰,国事日窘,离绪萦怀。登此高冈,极目远眺。空苍苍,风凄凄,心踟蹰,泪涟涟。原有鸰鸟相从飞,嗟叹我弟不来归,满眼凄凉景,心中无限情。无一欢可作,有万绪缠悲。"托人寄与李从善,从善仍不回还。

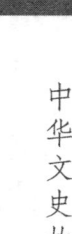

半年过去了,兄弟却仍不能相见,从善妃又日日来宫中号哭,后主情意更浓,将满腔思念之情,写成一首《清平乐》:

别来春半,触目愁肠断。砌下落梅如雪乱,拂了一身还满。

雁来音信无凭,路遥归梦难成。离恨恰如春草,更行更远还生。

李煜一心想召回从善,又托人将《清平乐》带给从善。李从善读过,泪下双颊,喃喃自语:"雁来音信无凭,路遥归梦难成。梦中相见岂是真!入梦、出梦,梦破、梦圆,生生死死都是梦。归梦,梦归,又何能归,又何必梦!"

李从善终究没有回归南唐,一直留在宋朝,从善妃也忧怨而亡。正是:惆怅落花风不定,人生长恨水长东。

花明月暗笼轻雾

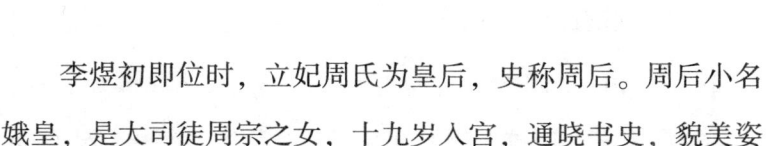

李煜初即位时,立妃周氏为皇后,史称周后。周后小名娥皇,是大司徒周宗之女,十九岁入宫,通晓书史,貌美姿秀,能歌善舞,擅弹琵琶,曾得到先帝李璟的赏识。

在一个雪夜,酒宴酣畅,周后请李煜起舞。后主说:"你若能谱新词创新声,我便舞。"周后即令侍从取来笺与谱,笔无停思,立成一曲。后主展谱,但见"邀醉舞破",正合心意,便不免手舞足蹈,周后在一旁放歌助兴。

此时周后的妹妹,年届十五,正值豆蔻年华,如玉兰将放,独具天姿,神采端静,可谓"眼色暗相钩,秋波横欲流",警敏有才思。

后来,周后不幸染病,其妹便入宫服侍汤药,时常与李煜相见。李煜见其国色天香,顿生爱意,不惜施展怜香惜玉之心,眉目传情。但碍于周后在场,未能表达。

这一日,周后服完药,躺在床上,昏昏睡去。周后妹妹

静坐床边,不敢发出动静。忽见李煜对她使个眼色,递过一张字条,便转身离去。周后妹妹展开字条,上写:"月上柳梢头,人约黄昏后,画堂南畔听蝉鸣。"

朦胧清月,迷蒙烟雾,鲜花怒放。

画堂南畔,李煜正急不可耐,望穿秋水。

周后妹妹匆匆出宫,双袜着地,一手提鞋,频频回首,左右四顾,见没有动静,轻移莲步,来到画堂前。

"姐姐刚刚睡下。陛下找我来有何事?"

"但赏明月无相违。"

李煜说完一把拉住周后妹妹,仔细凝视,伸手拂去她头上的花瓣,揽入怀中。周后妹妹又惊又羞,又喜又怕,浑身颤抖,轻声耳语:"陛下,我不能待久了。姐姐醒来之后,一定会找我。"

"但求此际真情会,何惧人前是与非,"李煜拥住周后妹妹,二人四目相对,"'脸上笑盈盈,胸中无限情。'良宵美景,花正好,月正圆,情正浓。你我乐在其中。纵使一宵情,强胜十年梦。"

次日,李煜回味昨夜之情,写下了一首《菩萨蛮》:

花明月暗笼轻雾,今宵好向郎边去。刬袜步香阶,手提金缕鞋。画堂南畔见,一向偎人颤。奴为出来难,教君恣意怜。

数日之后，二人在周后的房中又相见了。周后恍恍惚惚，透过纱帘望去，见李煜正拥着一个年轻女子，低声细语。那女子身材消瘦，面容端好，待她仔细观瞧，不禁吃了一惊，原来正是自己的妹妹。周后一动，惊动了二人，二人急忙分开。

"你什么时候进来的？"周后问道。周后妹妹年轻幼稚，胸无城府，仓促之间，不及细想，便答："我已在宫中数日了。"周后大怒，自思："李重光，你真是荒淫君主，做出如此丧尽天良之事，苍天无眼！"从此，她拒绝服药，再也不看李煜和她妹妹一眼，直到死时，面不向外。

周后死去，李煜痛伤至极，悲哽几绝，深感自己愧对皇后，几次想投井自杀，被手下人救下。

三年后，李煜便不顾大臣们对他与周后妹妹之事的非议，立周后妹妹为皇后，世称小周后。而李煜与小周后的私情艳词也传到宫外。

教坊犹奏别离歌

　　李煜立了小周后，从此不理政事，沉溺于诗酒声色之乐，极为奢侈，竭尽异想。李煜在宫中建起红罗亭，四面栽种红梅，装点精致华美。他常常与小周后在此饮酒作乐。

　　于是，李煜朝中奸臣当道，小人用事，国家因此日衰。内史舍人潘佑愤怒上疏，极议时政，力诋大臣将相，词旨情切。"三军可夺帅，匹夫不可夺志。臣已上书万言，词穷理尽，辨分忠邪。而陛下仍为奸邪所蔽，曲容谄伪，国家暗暗如夕阳薄山。古代有孙皓，国破家亡，全缘自己，贻笑千古。现在陛下任用非人，败乱国家，不及孙皓，臣不能同奸臣杂处，侍奉亡国之主。"后主见疏，大怒不已。

　　张洎同潘佑本来有矛盾，就引潘佑的词来激怒李煜，说："以前，潘佑词中就寓讽刺之心，有'楼上春寒三四面，桃李不须夸烂漫，已失了东风一半'之句，如今又制此疏，还有君臣之节、主仆之礼吗？"徐铉也从旁投石下井，诬陷潘佑。李后主心想：潘佑素与户部侍郎李平相善，潘佑如此狂直，如此触颜，一定是李平从中激励而致。便命人先收擒李平及官属，又派人收捕潘佑。潘佑闻听消息，意识到自己直谏遭祸，事已至此，自语道："真如我所料。与其他日做亡国之臣，不如早做太平之鬼。"说完投环自吊。李平也株连被杀。

南都台守林仁肇沉着果敢，向后主献保国之策。而李后主又中宋太祖反间计，误杀林仁肇，阻塞了忠臣劝谏之道。从此，再无犯颜直谏之臣，唯有诌谀逢迎之人。李煜与小周后日日头顶僧伽帽，衣着袈裟，诵读佛经，广度僧众，荒时废业。

宋太祖便借机派遣奸细伪装成僧人，混入池州，里应外合攻下池州。继而曹彬、潘美统率大军围攻金陵。李后主听说曹彬造浮桥，以为宋军围城不过是儿戏，全不在意。直到宋军进据金陵城南，后主却仍不知晓。

后来后主见大势将去，城池将毁，便手指宫中图籍对宠姬黄氏说："这些都是我的珍宝，一旦城池失守，你定将它们焚烧，决不能让其散佚。"黄氏依命。城被攻陷，她便毁烧图籍，烟尘上浮，弥漫天宇。李后主见此情景，不禁失声恸哭，手持宝剑准备自杀，心里想道："今日果真做了孙皓、陈后主，悔又何用？恨又何用？"左右亲近大臣见此情景，急上前谏道："陛下，江山已失，龙体保重啊！"

金陵城外，曹彬、潘美将军队一字排开，等待李后主肉袒出降。李煜白衫纱帽，来与潘、曹二人相见。李煜先拜潘美，潘美无言回拜。次拜曹彬，曹彬令人传语："介胄在身，拜不及答。"拒不还礼。身为亡国之主，李煜只有忍气吞声。

曹彬、潘美先登大船。随后传李煜饮茶。船头独放一块木板，颤颤悠悠。李煜平日行动总是前呼后拥、侍卫如云，而今独自登舟，徘徊不前。曹彬令左右兵卒搀扶李煜，才上得船来。饮过一盏茶，曹彬便对李煜说："国主可归宫，厚办衣装，以备归期。"潘美不解，问道："曹将军，你怎么可以放虎归山？一旦他自尽，你我如何向皇上交代？"曹彬道："刚才，他连一块独木板都不敢登，又哪来的勇气自杀？假如他能自尽，岂肯忍耻含羞，委曲求全？畏死之心太强，我现在许他生，他又岂愿死呢？"

李煜回到宫中，洒泪对宫娥，无语会群臣。他带上几名随身侍从、宠妾，来到宗庙堂前，悲咽难语："祖宗在上，儿孙不孝，愧对先祖列宗，大好山河丧于我手。"说完，连连叩头伏倒在地。

琼楼玉宇已失，瓦砾残骸遍地，几个乐人正吹奏着李煜所谱之曲《念家山》。听到这凄哀的声音，李煜满腔悲伤奔涌而出，不禁开口唱道："为念家山破……"刚唱一句，便哽咽住，"如今家国已破，山河已失，唱又何用！"李煜悔恨交加，咬破手指，鲜血淋漓，以指代笔写下：

破阵子

四十年来家国,三千里地山河。凤阁龙楼连霄汉,玉树琼枝作烟萝,几曾识干戈?

一旦归为臣虏,沈腰潘鬓消磨。最是仓惶辞庙日,教坊犹奏别离歌,垂泪对宫娥。

李煜垂头丧气,一步三回首,戴罪前往宋都,正是:樱桃落尽春归去,回首丹墀恨依依。

子规啼月小楼西

李煜白衣纱帽,与子弟、官属四十五人被宋军押解北上。开宝九年(公元976年),李煜来到汴京,待罪明德楼下,因他抗命拒师,被宋太祖封为违命侯。

一日,宋太祖设小宴,让李煜在身旁伺候。宋太祖微微偏头,问道:"听说你能作诗词,可举一首,让朕听听。"李煜沉思良久,泪流满面,才想出自己所作《咏扇》中的两句:

揖让月在手,动摇风满怀。

太祖不满,道:"满怀之风何足挂齿,可再举一词。"李煜即吟咏自己曾作的一首《临江仙》:

樱桃落尽春归去,蝶翻轻粉双飞。子规啼月小楼西,玉钩罗幕,惆怅暮烟垂。

别巷寂寥人散后,望残烟草低迷。炉香闲袅凤凰儿,空持罗带,回首恨依依。

宋太祖听罢,微微而笑:"朕听人说,你这首词乃是城破之日所写。词写得虽好,只可惜你治国无术。如果你能以作诗吟词的工夫去治理国家,你自能为一国之主,保有社稷,何至于被我所擒呢?"李煜听完无地自容。宋太祖见李煜姿貌丰美,便又调侃讽刺说:"你这相貌并不是富贵之相,只是一个翰林学士之相而已。"

李煜身为阶下囚,日夜借酒浇愁,以泪洗面。宋朝每日供给他三石酒,他便通宵达旦地纵饮,唯求以酒去愁,靠酒度日。宋太祖下令不许宦官再给李煜酒喝,李煜上书奏道:"如果陛下不赐给贱臣酒食,贱臣我有何计苦度光阴?"宋太祖无奈,只得依旧派人送酒给李煜。

无言独上西楼

李煜被囚禁之处，是一座寂寞的深院，桐树荫翳。外有一老兵把守，任何人没旨意不能进入。

宋太祖死后，宋太宗对李煜更加刻薄。

小周后随李后主归降宋朝，被封为郑国夫人，按例随命妇孺人进宫参见宋帝。宋太宗见小周后貌美，能言善歌，便强留小周后侍奉枕席。小周后屡受凌辱，满腹心酸尽诉与李煜，她且哭且诉："宋朝皇帝不是人，是禽兽，污人格行，让我无法忍受了。"李煜无法解释劝慰，只能轻声柔语地说道："暂且忍耐吧。在人屋檐下，岂能不低头。"

一日，小周后又被唤入宫中伺候宋太宗。李后主旧臣郑文宝来见。李煜见他衣着奇特，连忙问："郑卿，为何如此打扮？"

"陛下，臣担心守门者阻拦，才披蓑戴笠扮成渔父前来相见。陛下近来可好？"

"亡国残骸,死亡无日。日夜纵酒,以泪洗面。奇耻大辱,层出不穷。如此遭遇,何时了结?今日皇后又被强召入宫去了!"

郑文宝看此情景,半晌无言,径自退去。李后主心乱如麻,泪流满面。

西楼见月,缺月如钩。夜静庭空,形单影只,只有无声清光透过浓浓树荫,点点星星,洒落在李后主身上。秋意正浓。后主感怀身世,无可奈何,心事重重。他登上西楼,又连饮数杯。浓烈的酒中掺入了苦涩的泪,难以品出是什么滋味。孤单惆怅之感与亡国离家之恨奔涌在李煜心头,他奋笔疾书:

相见欢

无言独上西楼,月如钩。寂寞梧桐深院锁清秋。

剪不断,理还乱,是离愁。别是一般滋味在心头。

梦里不知身是客

光阴荏苒,李煜做南冠已有数年。

宋太宗太平兴国二年(公元977年),李煜上书宋太宗说:"陛下,贱臣俸禄不足,请恩赐。"宋太宗二话没说,便下诏增补李煜的月俸,但他心中极为贱视朝中的降主叛臣。

一日,宋太宗到崇文院看书,故意召来李煜和南汉后主刘铱来此会面。太宗手指册籍,得意地对李煜说:"听说你在江南的时候,特别喜爱读书。你看看,这一层子竹简册籍都是你的旧物,你归降了我,你这些书也归了我。你还想读书吗?"李煜无言以答,只有顿首谢罪。

转眼到了第二年元旦。这一天,李煜又喝得酩酊大醉。他借着酒劲,拼命发泄着心中的情绪,高声大喊:"万古到头归一死,醉乡葬地有高原。"这时,小周后因被强逼入宫,很久才能与李煜见上一面。每每相见,小周后都愤恨不已:

"想当初我是何等风流,如今宋朝皇上有意折辱我。我只得强作欢颜,忍气吞声。皇天无眼,你李煜难道也无眼吗?眼睁睁地看着我被强拉入宫,却没有任何反应。太宗是个禽兽,你也麻木不仁吗?竟忍心看着自己的妻妾任人污辱!"李煜忍住心酸,劝解道:"忍耐忍耐吧。忍耻含垢,委曲求全,所有这一切,只是为你我还能苟活于世呀!想当日,你我为情而起,几经波折,才称心如意,我忍心你遭辱吗?怎能忘了从前,雕栏玉砌,纸醉金迷,灯红酒绿,轻歌曼舞。只可惜,现今我一如丧家之犬,仓皇失措,自顾不暇。我有何力再顾及其他。你呀,好生保全自己吧。"

小周后含恨入宫,李后主含恨独坐。

窗外,雨滴空阶,梧桐叶飘零;窗内,形单影只,欲哭无泪。李煜对景堪哀,往事萦怀:往日前呼后拥,姬妾成群,仪卫无数;而今一国之主成阶下之囚,故国梦回,情无寄托。往事已成空,还如一梦中。李煜越思越无奈,却又总也跳不出往昔的梦影、今日的枷锁,不觉神思疲倦,昏昏入眠。在梦中,他又重新见到了故国的乡关:上苑如旧,车如流水,马如龙,花月正春风。只是玉楼瑶殿影空照秦淮。

春将尽,雨不停,雨打梧桐分外明。

丝丝凉意,缕缕凄清,透过雨丝,透过窗棂,直浸在李煜身上。后主梦醒,仍旧是:雨滴空阶,风吹梧桐叶。李煜独坐黑暗中,心绪茫茫,无可寄托。真情不知诉与谁,一腔心事，尽付与香笺：

浪淘沙

帘外雨潺潺，春意阑珊。罗衾不耐五更寒。梦里不知身是客，一晌贪欢。

独自莫凭栏，无限江山。别时容易见时难。流水落花春去也，天上人间。

凤笙休向泪时吹

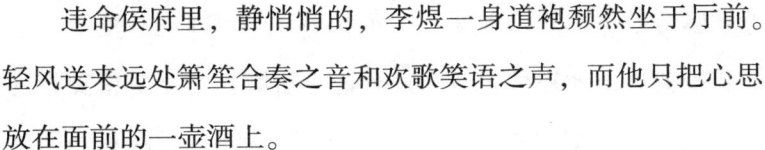

违命侯府里,静悄悄的,李煜一身道袍颓然坐于厅前。轻风送来远处箫笙合奏之音和欢歌笑语之声,而他只把心思放在面前的一壶酒上。

近来,李煜的心绪愈加黯淡。白天,他神情恍惚,思前想后:幽禁于此处,我是求生不得,求死更难。那宋太祖假仁假义,留我一命,只为收买天下人心而已。可惜祖宗基业,尽丧在我这不肖子孙之手。江南是个好地方,富饶美丽,如今已成他人天下。到了晚上,一沾枕席,断续无章的梦便闯了进来,搅得我更不得安宁。在梦中,我常常回到了江南,故乡依旧。我身着龙袍,气宇轩昂。那些直谏被诛的忠臣又出现在朝中,君臣协力,使国家又添欣欣向荣之景。有时,我又梦见了周后,几人一起饮酒作诗,寻欢作乐,好不快活。但是,当李煜梦醒之后,想到自己的处境,他总要在心中斥责自己:"李煜啊,你已然是人家板上的鱼肉了,

说不定哪一天宋太宗就要送你归天了。怎么还有心梦中作乐？大好河山就失在你轻信谗言、骄奢淫逸之上，为什么还不吸取教训呢？唉，'亡羊补牢，为时已晚'，往日的一切都化为烟云，变成幻影，空留于梦中了。我如今作为一个囚徒，还有什么好说的呢？"李煜心中那深深的亡国之恨，那无穷无尽的忏悔无处倾诉，闷在胸中，越发愁苦。

"但愿长醉不愿醒"，李煜将酒杯举得高高的，口中吟诗，随即猛地将酒灌入口中。热辣辣的酒液涌遍全身，烧得他愁肠寸断。李煜泪流满面，面色苍白："睡吧，梦吧。至少梦中美景的我还可以暂时逃开这份折磨；至少梦中美景还能给我带来片刻欢娱。"说着，他醉眼蒙眬，趴在桌边，已到了梦乡——

金陵城内，春光惹人心醉。皇宫内，小周后身着轻罗衣，翩翩起舞。李煜坐在一旁和着乐曲击掌相伴……

秋风瑟瑟，芦花点点。李煜与众人登临江边高楼，夕阳沉入江里，月亮挂在柳梢头，乐工吹起笛子，悠悠荡荡，回响在江面……

忽然，更鼓声一连击了四下，在宁静的夜中显得格外响亮。李煜猛然从欢声笑语中惊醒，抬头看，梦中美景荡然无存，只有那清空冷月，凄风惨雨。

李煜空对四壁，无限惆怅。他还清楚地记得梦中情景，禁不住反复回想。"只有梦才能给我一点安慰，我多希望能把它留下来呀。"李后主长叹一声，提笔写下几首《望江南》：

闲梦远，南国正芳春。船上管弦江面绿，满城飞絮滚轻尘，忙杀看花人。

闲梦远，南国正清秋。千里江山寒色暮，芦花深处泊孤舟，笛在月明楼。

多少泪，断脸复横颐。心事莫将和泪说，凤笙休向泪时吹，肠断更无疑。

春花秋月何时了

这一日，宋太宗召来徐铉问道："你近来可见过李煜？"徐铉忙道："罪臣岂敢私见李煜！"太宗道："你只管去，只要说奉旨探视，就无人阻挡了。"徐铉便单人匹马前往李煜住处。望门下马，只见一个老卒守门，他便小心上前，道："我欲见太尉。"老卒不许："我奉旨严守，不许李煜与他人来往，岂能容你轻易相见？"徐铉道："我便是奉旨而来，但开门无妨。"老卒听罢入门报知李煜。徐铉入院，站立阶下等候，见老卒取出旧椅子摆在庭中，说道："只要正衙一椅就够了。"片刻，李后主道服严整，出来迎见。徐铉一见，赶忙下拜，李后主禁受不起，下阶相扶。李煜让徐铉与自己相对而坐。徐铉辞谢："微臣不敢。"李后主苦笑道："你我如今还到哪里去论什么主仆之礼，但坐无妨。"徐铉引移少偏，才敢落座。一时间，二人却无话可说。默默许久，李煜却冒出一句："我后悔当初错杀了潘佑、李平，致使家破国亡，如今惶惶不可终日，犹如丧家之犬。"

此话正刺在徐铉的心痛之处。想当初，正是他进谗言，激怒后主。徐铉自觉无颜，呆坐半晌，便匆匆辞去。

徐铉到了宫内，回报太宗。太宗问："那李煜有何言语？"徐铉道："他不曾多言，只说后悔错杀了潘、李二人。"太宗鄙夷一笑："亡国之君还敢如此放肆！"心中升起杀害李煜的念头。

多年的囚禁生活，已使李煜将生死看得很淡。春愁秋恨何能负，人生长恨水长东，他决意恣情享乐一番。

这天正是七夕，李煜故态复萌，招来了一班往日相识的歌妓，自填新词，命歌妓咏唱。

李煜拿出新作《虞美人》，先为歌妓诵读：

春花秋月何时了，往事知多少？小楼昨夜又东风，故国不堪回首月明中！

雕栏玉砌应犹在，只是朱颜改。问君能有几多愁，恰似一江春水向东流。

歌妓们做了大宋顺民，备受凌辱。听完此词，珠泪纷纷。张弦设乐，浑身舒畅。莫名悲哀早已烟消云散，越唱越起劲。李煜也被感染，与歌妓一同唱了起来。声传院外，引得行人驻足。

守门老卒连忙把这一情况告诉太宗。太宗大怒:"一个亡国之君,却偏要唱'小楼昨夜又东风,故国不堪回首月明中',故国,故国,让你去见你的故国吧。"于是令秦王捧剧毒的牵机药去伺候李煜。

秦王来到违命侯府。李煜先是一惊,但马上又平静下来,心想:该来的总是要来的。他拱手说道:"微臣多谢圣上所赐,但请大王稍候,我还要再唱一遍《虞美人》。"

李煜放声悲歌,四座为之凄凉。

随着歌声的渐弱,李煜屈身伏地。他已服毒而死。一代国主,在位时不知治国理家,耽于声色;归降后又忍辱求全,在他人阶下三年。可他死得却如此悲壮。

长烟落日孤城闭

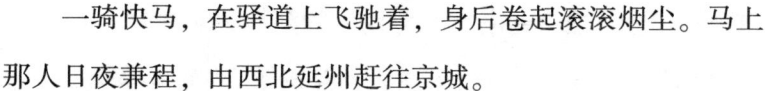

　　一骑快马,在驿道上飞驰着,身后卷起滚滚烟尘。马上那人日夜兼程,由西北延州赶往京城。

　　大宋天子宋仁宗高居殿上正在倾听文武大臣的奏章。突然,殿外高声传报,一名大内侍卫匆匆进殿,跪地奏道:"延州告急。"大殿上的气氛顿时紧张起来,众文武大臣先是被这突来的消息惊住,随后便交头接耳地议论起来。仁宗龙颜大怒,一拍桌案,道:"延州统帅是如何搞的,自从西夏犯我陕甘,三次派将派兵皆不得力,难道我大宋竟敌不过他李元昊!我定要撤掉延州知州的职。"大臣见皇上发怒了,皆肃立两旁,殿上一片寂静。这时一位老臣走到玉阶前,奏道:"启奏万岁,依老臣之见,眼前头等大事是解延州之急,而要解这燃眉之急,还需派得力之人呀。"仁宗觉得此话有理,遂问道:"你看这满朝文武派谁好呢?"老臣沉吟片刻,躬身道:"皇上,老臣保举一人,此人定能胜任此业。他便是当今饶州知州范仲淹。"仁宗不满，说道："此人结集朋党，扰乱朝廷，难道还要我重用他吗？"老臣直言禀奏："范仲淹有治国安邦之才，政治上颇有建树。他在士大夫中声望很高，解延州之急，非他莫属。望皇上明察。"仁宗听罢此言，略一思考，降下圣旨，速召范仲淹回京。

范仲淹接旨后火速赶回京城。圣殿之上，仁宗亲授旨意："范仲淹，此番召你归京，任命你与韩琦同往陕西出任经略安抚副使，缓解延州军情，安定西北前线，不得有误。"范仲淹阶前叩首，道："希文效力朝廷，舍生忘死。但请皇上恩准臣一个请求。"仁宗道："说吧。"范仲淹奏道："希文已身负重任，但望皇上准我兼知延州。这样军政统筹，才可事半功倍，效力显著。"一番话说得有理有据，范仲淹还未上任，仁宗已对他有了三分满意。

退朝归来，范仲淹不顾连日来旅途疲劳，又连夜向延州赶去。年已五十的范仲淹老当益壮，骑在骏马上，霜染的两鬓更加衬托出他的英雄气概。

范仲淹与韩琦一到任，就采取一系列军政措施，很快解除了西夏对延州的威胁。朝廷为此嘉奖陕甘官兵，并先后几次提拔范仲淹，又让他知耀州与庆州两地。但范仲淹不为一时战果所满足，他与韩琦日夜操劳，希望彻底击退久久不肯退去的西夏军队，以解除后患。烈日下，他与兵卒一起加筑城池、修复废寨；寒冬里，他亲自训练士卒、演习阵法。不到两年，陕西、甘肃一带兵精马壮，能攻能守；百姓安居，民族融洽。范仲淹已在边区军民中树立起威望，就连西夏人也不敢小看了他，称赞说："小范老子胸中有数万甲兵。"

　　这一日，劳累了一天的范仲淹暂放下军机要事，缓步走出大帐。此时，他已以谏议大夫、枢密直学士的资格充当了环庆路经略安抚招讨使、兵马都部署。繁重的事务使这位过了花甲之年的老人愈显衰老：旷野的寒风在他脸上刻下深深的印记，塞北的冰霜将他的须发浸成银白。军帐外已笼罩在暮色之中。一片宁静的气氛不禁令范仲淹一时忘却了西夏部队与宋军对峙、久不退兵的忧虑，沉浸在大自然的安宁之中。范仲淹一边四处巡视，一边回想起两年多来征战边疆的日日夜夜，不知什么时候才是个头呀！想到这里，他不禁叹出声来。忽然，从远处传来轻悠的羌笛声。范仲淹不禁为之一振，抬头望，明月当空，几颗闪亮的星星镶嵌在辽阔的天幕中，一闪一闪；远处，守城官兵的身影屹立不动，刀枪映射出道道寒光。范仲淹心头热浪滚动，一首《渔家傲》已然作成：

　　塞下秋来风景异，衡阳雁去无留意。四面边声连角起。千嶂里，长烟落日孤城闭。

　　浊酒一杯家万里，燕然未勒归无计。羌管悠悠霜满地。人不寐，将军白发征夫泪。

它道出了边疆将士报效国家的雄心壮志，诉说了离家万里的忧思。

公元1043年，西夏终于与宋朝讲和了。范仲淹因守边有功，被提升为参知政事，重新回到朝中。仁宗也更加器重范仲淹，多次要他提出治国安邦的方案。而范仲淹的这首《渔家傲》也以其苍凉沉郁、雄伟壮阔的气势流传后世。

无可奈何花落去

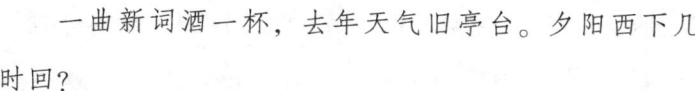

　　一曲新词酒一杯,去年天气旧亭台。夕阳西下几时回?

　　无可奈何花落去,似曾相识燕归来。小园香径独徘徊。

这首词词名为《浣溪沙》,是北宋宰相晏殊所作。这首词的产生,还有着一段故事。

晏殊是临川人,七岁便能作文。景德初年,张文节推荐晏殊参加朝廷应试。晏殊到了朝廷,皇帝在宫殿面试进士。晏殊拿了试题一看,不觉笑出声来:"臣十日前就已作过这赋,所写的草稿还在。请求陛下另外命题。"皇帝见晏殊毫不隐瞒,对他深加赞赏,赐他进士出身。晏殊当了知制诰翰林学士。

后来,晏殊出任南都太守,他偶然间听到一首好诗:

水调隋宫曲，当年亦九成。

哀音已亡国，废沼尚留名。

仪凤终陈迹，鸣蛙只沸声。

凄凉不可问，落日下燕城。

他便向人打听作者是谁，有人告诉他，作者是江都主簿王琪。晏殊便向朝廷申请，任命王琪为南都府佥判，将王琪调到自己身边。宾主相得，每日赋诗饮酒，好不惬意。中秋佳节，天气阴晦，到了晚上，月亮仍没出来，晏殊兴趣索然，早早就睡了。王琪便写了一首诗，派人送给晏殊。晏殊一看，特别欣赏其中两句"只在浮云最深处，试凭弦管一吹开"，便披衣起床，叫人准备好水果茶酒，又叫家妓们弄竹吹笙，等待云开月出。到了半夜，月亮果然推开乌云，月华洒向大地。晏殊和王琪便听曲饮酒，通宵达旦。

晏殊和王琪回京都任职。晏殊又招来一名幕僚张亢。张亢肥大，王琪便讽刺他，说他是一头肥羊；王琪瘦小，张亢便嘲戏他，说他是一只猕猴。王琪有一次故意挤兑张亢："张亢触藩成八字？"张亢应声回击王琪："王琪望月叫三声。"晏殊听了哈哈大笑，认为他们幽默机巧。

晏殊喜爱文学，精通音律。家中有一面墙壁，专供晏殊填词作诗。晏殊每每得了新句，一定将它写在墙壁上。偶尔有些一时对不上的诗句,便留着以后补充。他曾得了一句"无可奈何花落去",绞尽脑汁,也对不出下句。这一天正是春光融融,红绿相映,片片落花,点点飞絮。晏殊和王琪闲步假山小池上,小桥之下,有点点飞红,淡淡哀愁。触景生情,晏殊不免对王琪说:"王相公,我有一句词'无可奈何花落去',数年之间竟对不上下句。你有什么高招?"王琪应声对出一句"似曾相识燕归来"。晏殊连忙说道:"对得妙,对得妙。"便急忙回到书房,展纸挥毫,笔走龙蛇,写下:

浣溪沙

一曲新词酒一杯,去年天气旧亭台。夕阳西下几时回?

无可奈何花落去,似曾相识燕归来。小园香径独徘徊。

全词表现了春归花落、好景不长的淡淡哀愁,又切合了亭台如旧、香径依然的情境,词句轻清婉转、玉润珠圆,因而成了传世名作。

云破月来花弄影

张先,字子野,是北宋著名的词人。但是,当时的人们都喜欢称他"张三影",此中缘故还需从头说起——

自从张先四十二岁那年与二十四岁的欧阳修同榜中进士以后,便开始了小官吏的生活,充任嘉禾判官。虽说职位不高,但张先仍喜善戏谑、为人风趣,善从悠闲的生活中自得其乐。

这一天,张先忽觉周身不爽、精神欠佳,索性不再去府里,转而待在家中养病。午后,他坐在一把宽大舒适的椅子上,手持一把壶,一面自斟自饮,一面听着侍女婉转轻悠的弹唱,乐陶陶,好不惬意。晚春的阳光暖洋洋地照在张先的身上,不一会儿,张先就有了几分醉意。一股浓浓的睡意袭来,他便酣然睡去。

待张先一觉醒来,四处静悄悄的,已到了午夜时分。他从大椅子里坐起来,还觉得头有些发沉,却全没了困倦。呆坐一会儿，张先忽然兴起，想道：我何不在这万籁俱寂之时，来一次秉烛夜游呢！于是，他披了件衣裳，点燃蜡烛，走出房门。笼罩在夜幕中的景色，比白天更增添几分神秘色彩。半个月亮挂在天空，时而用轻纱一样的浮云遮住自己，时而又撩起面纱窥探宁静的大地。一阵和风吹来，灯火跳动，树影婆娑，花儿频频点头。借着朦胧的月色和摇曳不定的烛光，张先来到池边，坐在石栏之上，看着那月、那云、那花、那影，久久地不忍离去。触景生情，张先手捻胡须轻声吟咏了一首《天仙子》：

《水调》数声持酒听，午醉醒来愁未醒。送春春去几时回？临晚镜，伤流景，往事后期空记省。

沙上并禽池上暝，云破月来花弄影。重重帘幕密遮灯，风不定，人初静，明日落红应满径。

这首词很快流传于民间，被谱上曲反复弹唱。尤其是"云破月来花弄影"一句，更是被世人称作古今绝唱。后来张先做了尚书都官郎中。一天，工部尚书宋祁前来拜访他，将帖子递与看门人道："尚书欲见'云破月来花弄影'郎中。"门人进内依原话禀告，张先见了帖子，亲迎出门，说道："这不是'红杏枝头春意闹'尚书吗？"话一出口，二人都会心地笑了。二人落座，谈话之中不觉又转到诗词上，张先赞赏地说:"宋尚书的一个'闹'字用得可谓是活灵活现,不落俗套啊!"宋祁随即便说:"张郎中这一个'影'字也是妙不可言呀!"两人禁不住又是一阵开心大笑。张先点头承认道:"这也确实是老夫的心爱之句。"

继《天仙子》之后,张先又作过一首《归朝欢》和一首《剪牡丹》,其中也都使用了张先颇自得意的"影"字句。

一日,张先应邀与朋友们在酒楼相聚,席间歌妓弹唱的正是张先的《天仙子》。一曲歌罢,众人拍掌称赞道:"不仅歌唱得好,郎中这词作得更好。"接着,一人举杯道:"人们都说子野是'张三中',说他的词中有心中事、眼中泪、意中人,今日听来,果真如此。来,在下敬你一杯。"张先听得此话,点头微笑,却不饮酒,说道:"为何不叫我'张三影'呢?"众人一听,不明其意,都抬起头看着张先,听他细说。张先继续说:"老夫平生有三首得意之作:'云破月来花弄影','娇柔懒起,帘压卷花影'和那'柳径无人,堕絮飞无影',不是都有一个'影'字吗?"众人立刻恍然大悟,都觉得"张三影"这个称号更适合张先。于是众人觥筹交错,开怀畅饮。

自此,张先也就得名"张三影"了。

刘郎已恨蓬山远

"噼噼啪啪",和着爆竹之声,官府的差役奏响了喜庆的鼓乐。人群当中,有二人披红戴花,向周围的来人一一拱手。原来,他二人本是亲兄弟,年长的叫宋郊,那年少一些的叫宋祁。适才接到喜报,他们双双金榜高中。于是,众乡里全来向这兄弟二人贺喜。宋郊对弟弟说:"那安州太守真是颇具慧眼,他只看了一首你的《落花》诗,就认定你必中甲科。"宋祁笑道:"兄长不也是进士及第吗?小弟能有今日,还是靠兄长平日的教诲呀。"二人正说着,一群布衣少年围拢过来,走在前面的一个说:"恭喜二位仁兄,你我众兄弟同学一场,到头来,却让你二人占尽风流。"又一人嚷道:"将来文坛上又要崛起两位新秀了。""对,"众人应和道,"就称'二宋',一个大宋,一个小宋。"宋郊与宋祁听了大家的话,心中美滋滋的。

这一天,已被封为翰林学士的宋祁从学馆中出来,正经过繁台街,忽听鸣锣开道之声。宋祁抬头一瞧,见从街对面走过一队人马和十来乘轿子。那一队人个个威风凛凛,手持刀枪,紧随车马、小轿,小心护卫左右,再看那宝马良车、装点华贵的轿子,经常出入皇宫的宋祁认得,这阵势一定是皇上携妃嫔们出游。于是,他避让道旁,想等这一行人过去再走。

"小宋。"忽然从一行人中传出一声呼唤,声音圆润悦耳,还带着几分惊喜。宋祁不想有人唤自己,不觉一愣,待他循声望去,只见一乘粉色小轿的轿帘撩起一半,一个倩影在里面一闪,便又迅速地将帘子落下了。宋祁不免后悔自己看得慢了,没能瞧清是哪位佳人在呼唤自己。他望着那一队人走远了,才回过神来,感到心中怅然。

宋祁就这样一路琢磨着回到自己的府中,心中却久久不能平静。他坐在书桌前,手拿书卷,耳边却又响起那莺啼似的呼唤声。"小宋,"宋祁念叨着自己绰号,想,"既然是宫内之人,又能认得我,那必定是平素向我要曲词的妃嫔宫女之类的。"想到这里,宋祁心中一动,提起笔来,在纸上写下一首新曲词——《鹧鸪天》:

画毂雕鞍狭路逢,一声肠断绣帘中。身无彩凤双飞翼,心有灵犀一点通。金作屋,玉为笼,车如流水马如龙。刘郎已恨蓬山远,更隔蓬山几万重。

这一首《鹧鸪天》很快就传遍了京都,一时间,城南城北的人吟唱的都是"画毂雕鞍狭路逢"。民间有什么风行,宫中也不会落后。几天后,宫中妃嫔们也都会哼唱了。

一日,仁宗上完早朝,兴致很高,便来贵妃的宫中。贵妃见仁宗驾到,急忙跪地见礼。仁宗心中高兴,便叫人摆设酒宴,与贵妃对饮。酒过三巡,仁宗问道:"爱妃最近学了什么新曲子?唱一首助助兴。"贵妃起身说道:"禀皇上,奴还真学了一支曲,想唱给皇上听听呢。"说着,她取来古琴,轻抚琴弦,拨弄了三两声,又接着道:"听说,这首词是那翰林学士宋祁所作。那日,臣妾们随皇上过繁台街,宋祁刚好也在。后来,有人叫了声'小宋',他回去便作了这首《鹧鸪天》。""哦?"仁宗一听,非常感兴趣,催促说,"爱妃快快唱与朕听。"于是,贵妃慢启朱唇,轻挑丝弦,开始唱了起来。声调婉转,曲词动人。仁宗皇帝听得非常认真,以手击节,还不住地点头,当听到最后一句"刘郎已恨蓬山远,更隔蓬山几万重"的时候,眉头不觉皱了起来。

一曲歌罢,仁宗问道:"那日出游,你乘的是第几辆车?"贵妃略一沉吟,回道:"奴家乘的是第四辆。""那你可知是谁呼喊的小宋?"贵妃摇头道:"街上人声嘈杂,我实在未曾听见。"仁宗沉默不语,然后叫道:"来人呀。""有。"一个侍臣进来跪倒。仁宗道:"下去查查,那日到底是谁呼喊的宋学士，让她来见我。另外传我的话，宣宋祁进宫。"侍臣应了一声"是"，便退了下去。不大工夫，一位妃子进来，禀道："前日是臣妾在轿中擅自呼喊宋学士，望皇上恕罪。"说罢，低头跪在地上。仁宗转身看去，见那妃子体态优美，楚楚动人。她穿一身粉色绸衣，跪在那里犹如一朵娇美的荷花。"起来吧。朕不怪罪你，朕是叫你来陪我饮酒的。"仁宗说着，将杯中的酒一饮而尽。那妃子赶忙起身，又为仁宗斟满了酒。沉吟片刻，仁宗又接着问："你在大街上呼喊宋学士有什么事吗？"妃子答道："因宋学士词写得好，平日臣妾们都喜欢向他求些新词来唱，一来二去便认得了。那日，臣妾从帘中往外看，正巧望见宋学士站立道旁，便随口唤了一声，并无他事。"仁宗听了，微微点头。

　　再说宋祁接了圣旨，立即来到宫内。正赶上皇帝饮完酒，回到寝宫。宋祁报门而入。仁宗见了他，并不多说什么，不慌不忙地坐在床榻边，笑道："子京，朕刚听了一曲新歌，特传你也来听听。"说着，唤出一个歌女，为二人唱了起来。宋祁不觉一愣，没想到皇上请人唱的正是自己的新作《鹧鸪天》，禁不住心中犯疑，不知皇上是出于何种用意。正在思索，那歌女已唱完一段。仁宗明知故问，道："爱卿，你看这词写得如何？"宋祁一时语塞，他既不能说好，也不能说不好。为难之时，皇上又问："你可知这是何人所作之词？"宋祁如释重负，连忙躬身答道："禀皇上，此词正是为臣所作。""哦,作得好,作得好!"仁宗连连夸赞。宋祁心中高兴,说道:"蒙皇上厚爱,臣定要多写好词,供皇上赏玩。"正在他兴奋之时,仁宗突然面色一沉,厉声呵斥:"宋祁,你可知罪?"这一声吓得宋祁一惊,竟不知皇帝所指何事,怒从何来。仁宗又道:"你可想见一见那'金作屋,玉为笼'的佳人吗?朕已为你找到了。"宋祁这才明白,原来皇帝什么都知道了。那么自己敢对皇上的爱妃宠妾有非分之想,罪过可真不小啊!想到此,他不觉出了一身冷汗,"扑通"一声跪倒在地,连连叩头说:"臣罪该万死!还望皇上开恩,恕小人万死之罪。"仁宗见宋祁害怕了,忍不住朗声大笑,道:"今日朕就叫那'蓬山几万重'变成'蓬山不远'。爱妃,快快出来吧。"宋祁被这一笑,弄得愈加糊涂了。但见内屋的帘帐一挑,应声走出一个粉衣女子,正是前日他依稀望见的粉色倩影,他立刻明白了皇上的意思。先是惊得惶恐失措,继而又是一个大惊喜,不仅死罪免除,还得此佳人,竟令才智双全的宋祁不知该如何是好。仁宗哈哈大笑。那妃子谢过皇上,宋祁也忙着叩首:"谢皇上恩典。吾皇万岁,万万岁!"

宋祁因祸得福,皇上竟将自己的妃子赐给了他。后来,王阮亭看到这段故事时,说:"蓬山不远,小宋何幸得此奇遇?……令人妒煞。"

落尽梨花春又了

在宋代的文人中都流传着下面一副对子：

狮猁入布袋，
鲇鱼上竹竿。

说来还有一段故事。

相传，梅尧臣二十来岁的时候，已颇有诗名。但三十多年过去，他也没得到一官半职，直到晚年，他才被御赐进士出身，参加修订《唐书》的工作。梅尧臣初任此职，感到工作难以施展自己的才能，便对妻子刁氏说："我参加修书，真可谓狮猁入布袋。"刁氏听罢，嘲笑他说："夫君在仕途上，又何异于鲇鱼上竹竿？"

可惜，《唐书》修订后，还未来得及向皇帝请功，梅尧臣便去世了。但他与妻子的这段对话却流传了下来，听到的人都认为是一副佳对。

梅尧臣虽以诗知名三十年，但他的词也颇受人称道。他屡试不中，却仍很自负，先以荫补斋郎，后又判河南府兼西京留守。当时，西京洛阳是北宋的陪都，文人骚客多会于此。梅尧臣便同在西京做官的欧阳修、尹洙等人往来甚密，并且与欧阳修成了莫逆之交。

这一天，欧阳修邀请友人到府中做客。梅尧臣是理所当然的座上客。文人聚会，话题自然离不了谈诗论词，从山川风貌到感时伤世，无所不谈，无所不至。有一人忽提议："诸位，我们何不以'草'字为题各作一词？"

"不好，不好。从古至今有多少人写草，再写就俗了。"

"所言极是。《楚辞》中就有'王孙游兮不归，春草生兮萋萋'，李后主也有'离恨恰如春草，更行更远还生'，另有温庭筠、冯延巳的词，还嫌不够吗？"

"小弟觉得老兄所举，偏偏丢了一位名家。"说着他便摇头晃脑地吟了起来，"'金谷年年，乱生春色谁为主？余花落处，满地和烟雨。又是离歌，一阕长亭暮。王孙去，萋萋无数，南北东西路。'这简直把春草写绝了。"

此时，欧阳修正与梅尧臣低声闲谈，听到众人盛称林逋的《点绛唇·草》，也止住了谈话，对众人说："我也非常赞赏这支曲子，上片惋春，下片悲离，写草寄恨，恐怕难有人再与之相比了。"

梅尧臣独坐一旁，半晌未语，他虽也十分推崇林逋，但听到大家把林逋推到如此高的位置上，心中有些不服。思索片刻，他起身言道："诸兄，圣俞恰好得了一首小词，愿请大家指教，看看与林逋相比如何？"随即趋步桌案前。众人围过来，只见他已笔走龙蛇，挥洒而出，题了一首《苏幕遮》：

露堤平，烟墅杳，乱碧萋萋，雨后江天晓。独有庾郎年最少。窣地春袍，嫩色宜相照。

接长亭，迷远道。堪怨王孙，不记归期早。落尽梨花春又了。满地残阳，翠色和烟老。

待他掷笔起身时，众人异口同声称赞梅尧臣的这首词。欧阳修更是高兴，拍着梅尧臣的肩膀，称道："梅兄真是出手不凡，我尤其喜欢这句'落尽梨花春又了'，韵味无穷！"说着，即唤人来配乐而歌，一而再，再而三歌唱。直至夜深，众人才各自散去。

潇洒太湖岸

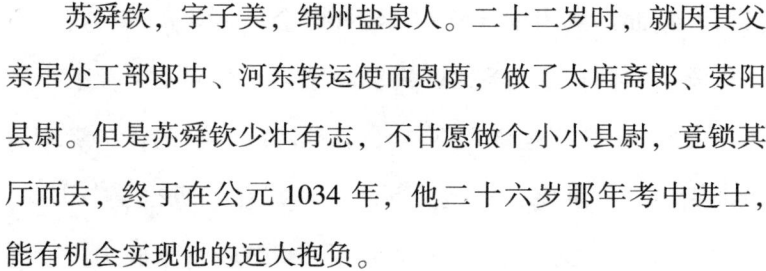

苏舜钦,字子美,绵州盐泉人。二十二岁时,就因其父亲居处工部郎中、河东转运使而恩荫,做了太庙斋郎、荥阳县尉。但是苏舜钦少壮有志,不甘愿做个小小县尉,竟锁其厅而去,终于在公元1034年,他二十六岁那年考中进士,能有机会实现他的远大抱负。

苏子美为人豪迈、直率,尤好饮酒,而且一喝起来就难以计量。他曾在丈人杜衍家中居住,每晚在书房读书,必须准备上一斗酒,边读边饮,边饮边读。杜衍得知此事,心中犯疑,心想:"我家女婿竟如此海量,每晚饮斗酒而不醉,却依然能读得进去书?"于是,老人家悄悄派了一个亲随去察看苏舜钦是如何读书的。那晚,正赶上苏舜钦读《汉书·张良传》,读到张良等人狙击秦始皇、误杀副车时,他拍案说:"可惜呀!没有击中,可惜!"然后舀了满满一大勺酒,一饮而尽。又读到张良说"始臣起下邳,与上会留,此天以臣授陛下"一段时，再拍案说："君臣相遇，竟然如此之难！"随即又饮了一大勺。亲随将亲眼所见——报告给杜衍，老人哈哈大笑，道："有这样的下酒物，一斗酒实在不算多呀。"

苏舜钦虽踌躇满志，但时局却令他感慨万千，锐气受挫。

"庆历新政"间，杜衍做了宰相，苏舜钦也由范仲淹推荐，做了集贤校理，监进奏院。这一天，适逢秋季赛神会，苏舜钦依照旧例用废纸换来钱置办酒会，宴请宾客，宴上招来妓女，共同行乐。当时，高朋满座，欢快异常，唯独李定未来赴宴。其实，李定不到宴自有他的政治目的，全缘守旧派对新政处处反对，对主持新政的人意在寻机报复。因此，李定借机向御史刘元瑜告发苏舜钦，将苏舜钦革职为民，到会的知名人士十多人也受牵连被贬。

苏舜钦削职在家，整日心中郁闷，无以自遣，便南下苏州。他此次离京，身虽去，心不舍，作诗云："去国丹心折，流年白发多。脱身离网罟，含笑入烟萝。"无奈之中，把余生寄情在山水之间。

这一日，正是苏州的四月末，暑热难当。苏舜钦本来就心中不畅，这一来更加烦躁不安，索性向城东走去。步行不到二里，苏舜钦忽觉空气中带着一股清香，扑鼻而来，同时有凉意袭来，令他周身顿感清爽。他抬眼一望，但见崇阜广水之间,碧草繁茂,树林荫蔽,好一片怡人的画景。再往前走,在杂花修竹隐没中有一条小径,曲曲折折,不知通向何方。苏舜钦兴致大增,心想:"今日我真没白走这一趟,或许我探到了陶公的桃花源。"他拨开挡眼的竹枝,迈过招摇野花,行至数百步,眼前豁然开朗:一块僻静的荒地,三面背水,空无一人,周围被高大的树木遮蔽着,与闹市隔绝。苏舜钦立在水边,顿有宠辱皆忘之感,久久徘徊,不忍离去。想不到这苏州城内竟有如此清幽雅静之地。

苏舜钦回到寓所,无论如何也忘不了那块"世外桃源",他多方打听那块地的主人,才知乃是广陵王所造,闲置多年,今已废弃。苏舜钦实在太爱它了,于是狠了狠心,凑足四万钱将其买下,并买水石,居山傍水,造起一亭,以便自己临清波,听水声,又将其取名为"沧浪亭"。

自从得了这幽僻之所,苏舜钦便很少出现在闹市中。他每日来到沧浪亭中,或独坐,或会友,或吟诗饮酒,或临波泛水,仿佛世间已消逝很远、很远。

一日午后,苏舜钦正在亭中品茶,悠然自在。忽听竹间的小径上传来脚步声,人未至,话已到:"苏老弟,你算是寻到佳处了,人说清风明月本无价,这一大片湖光山色只卖给你四万钱,真是让你讨了个便宜。"苏舜钦闻听此言,赶忙起身相迎,道:"欧阳兄到此,有失远迎。"二人捧茶坐在沧浪亭,倚栏眺望。绿树环映,碧水泛波。阳光照在水

面，反射出星星点点耀眼的白光，跳动不定；水拍石岸，发出哗哗的响声。欧阳修看得心旷神怡，信口吟道："荒湾野水气象古，高林翠阜相回环。"然后，转头对苏舜钦说："苏老弟，这回你再也不提游丹阳的事了吧？"苏舜钦正拍手赞诗，被这一问，只能无奈地摇头笑了笑。

原来，苏舜钦初到吴中的时候，有意游丹阳，而潘师旦听说此消息，极不愿他前往，并扬言要派人在中途阻挡。苏舜钦虽然向往丹阳的富庶景象，但身为革职之民，面对如此无礼之举，也只好作罢。

苏舜钦听了欧阳修的话，道："如今我有了这一方天地，也别无所求了。"继而，略一沉吟，口中咏道：

水调歌头

潇洒太湖岸，淡伫洞庭山。鱼龙隐处，烟雾深锁渺弥间。方念陶朱张翰，忽有扁舟急桨，撇浪载鲈还。落日暴风雨，归路绕汀湾。

丈夫志，当景盛，耻疏闲。壮年何事憔悴，华发改朱颜？拟借寒潭垂钓，又恐鸥鸟相猜，不肯傍青纶。刺棹穿芦荻，无语看波澜。

春愁转更难禁

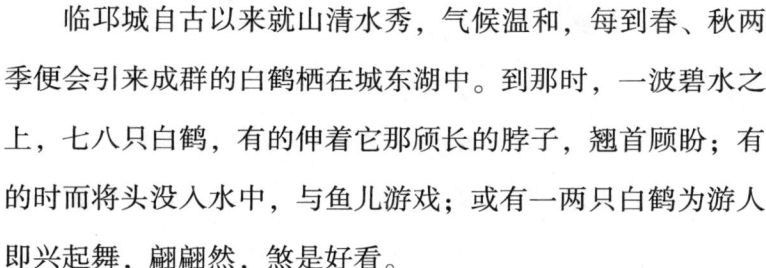

临邛城自古以来就山清水秀，气候温和，每到春、秋两季便会引来成群的白鹤栖在城东湖中。到那时，一波碧水之上，七八只白鹤，有的伸着它那颀长的脖子，翘首顾盼；有的时而将头没入水中，与鱼儿游戏；或有一两只白鹤为游人即兴起舞，翩翩然，煞是好看。

这一年初春，河水刚刚解冻，柳树也才抽出嫩黄的枝条，便有一行白鹤飞落到临邛城的湖中。有人将此事报给了时任郡守张公庠。张公庠文人雅性，立即召集城中名流，还特别叫上秋官张才翁，次日同往观鹤。

那张才翁虽说只是个小小秋官，但他为人风流不羁，且极能领悟郡守的意思，所以非常受张公庠的偏爱，每有好事，总也忘不了他。谁知今日，张才翁却辞谢了张公庠的美意，推托另有要事，不与其同游。郡守也并不在意。

当晚，张才翁来到官妓杨皎处。杨皎喜欢才翁能言善辩、诙谐幽默的性格，对他的机敏才思更是倾慕不已。所以，但凡张才翁有求于她，她绝无二话。此二人欢娱片刻，张才翁便说："明日郡守观鹤，一定作有诗词，到时候你就将它录送与我，我再附和一首带给你，如何？"杨皎一一记下，应允。

第二日，春和景明，湖畔游人格外多。杨皎以官妓身份侍奉在郡守左右。果然不出张才翁的意料，张公庠一到湖畔，见到白鹤那婀娜雅静的身姿，雪白发亮的羽毛，便诗兴大发，信口吟咏：

初眠官柳未成荫，马上聊为拥鼻吟。远宦情怀消壮志，好花时节负归心。别离长恨人南北，会合休辞酒浅深。欲把春愁闲抖擞，乱山高处一登临。

杨皎听了，急忙将诗题于绣帕，悄悄地让人骑马送到张才翁处。

张才翁正在府中饮酒，专等杨皎派人来送诗。此时，他展开绣帕看了一会儿，便提笔在绣帕上写了几行字，叫来人速去交给杨皎。

不到一顿饭的工夫，杨皎就收到了张才翁的回复。她避开人多处，打开绣帕一看，不禁笑了。原来，张才翁只是将郡守张公庠适才所作的诗稍加增减，改头换面，题为《雨中

花》，其中许多字句仍是郡守原文。

杨皎将词默记心中后，就回到人群中。这时，张公庠已坐在湖边亭中，随从如众星捧月一般围立两旁。待来到亭前，杨皎便轻声哼唱起《雨中花》，向张公庠座侧走去：

万缕青青，初眠官柳，向人犹未成荫。据雕鞍马上，拥鼻微吟。远宦情怀谁问？空嗟壮志消沉。山城留滞，忍负归心。

别离长恨，飘蓬无定，谁念会合难凭？相聚里，休辞金盏，酒浅还深。欲把春愁抖擞，春愁转更难禁。乱山高处，凭栏垂袖，聊寄登临。

初时，张公庠还认为杨皎是以诗当词，笑她无知，但细听，却是一首绝好的《雨中花》，便问道："你唱的是何人之词？"杨皎莞尔一笑，说："禀太爷，我唱之词乃是秋官张才翁特意让人送来的《雨中花》，说要为您游春助兴。"张公庠心想："张才翁有要事处理，未能同来真是遗憾。也亏他惦记着我，寄词助兴。巧的是，他这首词与我那首诗何其相似！他和我却想到了一处，真不负我几年将他视为心腹。"于是，张公庠命乐工合乐，为杨皎伴唱，将此词献给了在座众人。

从此以后，张公庠更加垂青张才翁了。

销魂，当此际

扬州街巷，行人一下子多了起来。原来是被盛誉为"当代词宗"的苏轼来到此处的消息传出后，才子佳人都想一睹他的风采所致的。

这一日，苏轼被众人簇拥着，来到一个山寺前。忽然，一人指着寺壁喊道："看，苏学士早题词于此了。"说着，便高声朗读起来。苏轼心中诧异，自己从未到过此处，又如何在此题词呢？循声望去，但见山寺的白墙上，果然写着几行字，落款处也分明是"东坡"二字。再一细读，他不免一惊，论起词风、气势确如己作。一时间，他自己也闹不清了。"既然山寺有我的留诗，何妨与高僧一叙呢？"苏东坡想着，便信步跨入山门。

寺中住持已来至阶前迎接，将苏轼让进禅房。未及东坡开口，和尚双手合十，口诵"阿弥陀佛"，道："学士勿急，待老衲先拿样东西与你看。"说着，呈上数十篇诗词，说：

"此乃前日一少年过此，留于老衲处的。"苏轼一看，禁不住拍案称绝，道："那在寺壁题词之人，定是此少年无疑了。"

那么，这位未出场的少年是谁呢？他便是扬州名士秦观。秦观十分敬仰苏轼的诗才文略，便私下学习，暗中模仿。此次他听说苏轼要从扬州路过，便预先假托"东坡"之名题词于壁。不想还把真东坡迷惑了。人未相见，词已传名。通过这次"神交"，初出茅庐的秦观已让大学士苏东坡感到后生可畏了。事后，苏轼见到秦观，连连称赞他有屈宋之才。从此，二人往来密切，秦观更是得到大学士的亲传。

元丰二年（公元1079年），秦观要前往会稽探望祖父，恰有幸与奉调移任湖州的苏轼一路同行。二人一路游山玩水，探访古胜，直到湖州才分手。随即，秦观转往会稽。

会稽是一座历史名城，太守程公辟久慕秦观词名，特意将秦观安置在蓬莱阁居住，好酒好肉款待。那蓬莱阁，顾名思义，亭台楼阁，别具匠心，水榭云桥，构造独特，竹林花草，另有意境，犹如蓬莱仙境，正是文人骚客赏月把酒、遣怀抒情的好地方。

一天傍晚，月亮早早爬上了天边。程太守在蓬莱阁的水榭边摆下几案，邀秦观一同饮酒闲谈。

明月清风，倚栏傍水，二人自斟自饮，抒怀畅谈，好不惬意。不知不觉中，夜已深沉。这时，秦观已有了几分醉意。程太守见此情景，对秦观说道："学士，今晚我给你准备了一个好节目。你听！"随着话音，微风送来几声"叮咚"的拨弦之声。秦观循声望去，发现水池对面的逍遥亭中不知什么时候多了一位女子。她侧对秦观，清瘦的身影半俯在面前的古筝上。朦胧的月色笼罩在她的周围，勾勒出她优美的线条。秦观忽然想起《诗经》里的一段诗，就信口吟道："蒹葭苍苍，白露为霜。所谓伊人，在水一方。"程太守微微一笑，起身给秦观满满斟了一杯酒。少女弹的正是一支古曲——《高山流水》，悠扬的琴声回旋于雕梁画栋之间，飘飘荡荡越过水池，灌入秦观耳中。顿时令他舒肠顺气，醉意已消去一半。秦观听得入了神，举酒于半空中却忘记饮用，僵在那里，一曲既终，仍觉余音不绝，半响才从乐曲中回过神来。片刻寂静，秦观拍手叫好，爱慕之意已在心底萌生。他转身对程太守道："此女子真是身手不凡！能否请她过来与小生一见？"

只见那女子身着拖地白纱，如清风一样飘然而至。她屈膝行礼。"婉蓉见过老爷。"声音绵软轻柔，又令秦观心头一震。但见她云鬓低垂，凤钗斜插，一对蓝宝石耳坠配她白皙的皮肤，更显恬淡高雅。程太守示意婉蓉为秦观斟酒。"妾久闻学士大名，今日相见，三生有幸。"说着，她将酒杯捧在手中，递与秦观。媚眼流波，欲视还羞。秦观伸手去接，不经意间却触到那葱削玉指。秦观一愣，女子一惊，四目相视，一片红晕飞上了婉蓉的双颊，她手指轻颤，杯中的酒差点泼溅出来。程太守将这些看在眼里，心中了然。

从这一天起，秦观与婉蓉便如胶似漆，难分难舍。秦观常常与婉蓉结伴出游，每与程太守对酒，也必有婉蓉侍奉其侧。他本打算一半月便离开会稽的，但行期一拖再拖，转眼已半年过去了。

到了岁暮，秦观已无法再拖延时间了。

临行之夜，在蓬莱阁中，婉蓉将头轻轻依在秦观的肩头，静静地享受着分别前的片刻温柔。

"蓉儿，明日我将起程，你就不要送我了。"秦观轻语。

婉蓉不语，但听得出气息急促，好像在抑制着感情的迸发。

"你知道，我虽是个七尺男儿，可我却难以忍受离别时的肠断心碎，我……"

"别说了，我求你。"没待秦观说完，婉蓉泪流满面，哽咽着说道，"明日你我一别，就不知今生今世是否还能相见。只剩最后这点儿时间了，你就让我送一送，也免得此生遗憾。"说罢，将头埋在秦观胸前，低声哭泣，泪水沾湿了秦观的衣衫。

秦观一手轻抚婉蓉，一手提起笔来。他心中的难过之情，丝毫也不亚于婉蓉。此时，他很想留词一首，以纪念这一段恩怨，可是，想起与婉蓉在一起的日日夜夜，想起明朝不知酒醒何处,刚刚写了"满庭芳"三字,便眼中发酸,笔管滑落地面。

次日黄昏,秦观收拾停当,独立江岸,眺望来路。船家已催促他登船起程,可他还想多等一会儿,虽然他怕见婉蓉,但还是希望再见她一面。

秦观一步一回头,踏上跳板,正待船家将板撤下,忽见一乘小轿匆匆向江岸奔来。秦观不顾一切,踩着浅水,跑到轿前。来人果然是婉蓉,尽管一夜伤心使她眼圈发黑,一脸倦容,却仍掩不住她那楚楚动人的风姿。此时二人执手相看,百感交集,不知从何说起。婉蓉含泪不语,取出带来的酒满满斟了两杯。她举起一杯,深情满怀地望着秦观。秦观拿起另一杯,欲言又止,将酒一饮而尽,然后抛下杯,径直跳上船头。此时,城头响起凄凉的号角声。

船桨击水,船儿缓缓向江心移去。突然,秦观身后传来了如泣如诉的古筝曲,曲牌正是《满庭芳》。惊回首,见婉蓉正长跪江边,纤指在琴弦上拨动。江风掀动她的衣袂,飘飘若仙。秦观不忍观看,但那《满庭芳》的曲子却在水天之间回荡。他仰头向天,高声唱道:

山抹微云,天连衰草,画角声断谯门。暂停征棹,聊共引离尊。多少蓬莱旧事,空回首,烟霭纷纷。斜阳外,寒鸦万点,流水绕孤村。

销魂,当此际,香囊暗解,罗带轻分。谩赢得青楼,薄幸名存。此去何时见也,襟袖上,空惹啼痕。伤情处,高城望断,灯火已黄昏。

霎时间,歌声、琴声混作一片,回荡在天宇之间,仿佛凝住一般,久久不肯散去。

后来,苏轼听到秦观这首词,称道不已,选取词中首句,称秦观为"山抹微云"君,而且闻者无不为之绝倒。

飞红万点愁如海

宋哲宗绍圣三年（公元1096年），秦观因书写佛书，由处州贬往郴州。

此时秦观年已四十九，变幻莫测的政治风云已把他的壮志消磨，他再也不是那个"强志盛气，好大而见奇"的人了。

秦观路经衡阳，衡阳太守孔毅甫是秦观好友，他挽留秦观在衡阳住了几日。

时值春末，阳光洒满大地，衡阳古城寒意稍减。秦观独自出城，来到湘江边，见岸边柳树上，不甘寂寞的黄莺在争鸣，飞来飞去，不时碰落一团团飞絮。看着春光春景，秦观却觉得心在流血："韶光流逝，春来春去，匆匆忙忙。我的生命也快到尽头了。无边的风已吹落了我的壮志豪兴，心思正如花落。"他不免又想起了自己坎坷的人生，想到了未来，想到了离别，想到了友人。回到客房中，秦观禁不住思绪飞越，愁绪萦怀，挥毫写了《千秋岁》一词：

水边沙外，城郭春寒退。花影乱，莺声碎。飘零疏酒盏，离别宽衣带。人不见，碧云暮合空相对。

忆昔西池会，鹓鹭同飞盖。携手处，今谁在？日边清梦断，镜里朱颜改。春去也，飞红万点愁如海。

孔毅甫设宴为秦观饯行。秦观就在席上朗诵了自己的《千秋岁》，孔毅甫听到"日边清梦断，镜里朱颜改"，心下一惊，对秦观说："少游你正当盛年，为什么出言如此悲怆？令我闻之泪下。"于是，他也在席上依秦观词韵和了一首，激励秦观不必悲伤。随后，孔毅甫送秦观到郊外，洒泪相别。孔毅甫回到城中，对亲近的人说："秦少游气色与往日太不一样了，他说'春去也，飞红万点愁如海'，正预示了他以后的命运，他将不久于人世了。真是可惜了。"

秦观别了孔毅甫，只身来到郴州，暂住旅舍，过着形同囚徒的生活，置身于全然陌生的世界，寂寞、忧伤如山如海压得他难以生活。

秦观的到来却使郴州一位名妓夏云儿欣喜若狂。原来这位夏云儿酷爱秦观词，特别欣赏他的《鹊桥仙》，时常吟咏："纤云弄巧，飞星传恨。银汉迢迢暗度。金风玉露一相逢，便胜却人间无数。　　柔情似水，佳期如梦。忍顾鹊桥归路。两情若是久长时，又岂在朝朝暮暮。"如今她听说自己崇拜的秦学士来到了郴州，便向母亲请求，要托终身于他，请人带信给秦观。

秦观知道了这个消息，又喜又悲，私下想："我一生所见风尘女子很多，她们也给了我安慰，但都是些同欢共乐之人；只有她在我最艰难的时候，愿以身相许，结伴同行。只是我如今如飘蓬，似浮萍，流放东西，不久就要远贬他处，我岂能连累她呢？把她的一片真情埋在我心中，把我的一腔心绪藏在心底，这才是最好的办法。"秦观想到这些，便挥笔写下名作《踏莎行》：

雾失楼台，月迷津渡。桃源望断无寻处。可堪孤馆闭春寒，杜鹃声里斜阳暮！

驿寄梅花，鱼传尺素。砌成此恨无重数。郴江幸自绕郴山，为谁流下潇湘去！

写完之后，秦观请人将词转给那位名妓夏云儿。

这年年底，秦观又被远贬横州。临行前，夏云儿来向他告别，口吟《踏莎行》为他送行。秦观答应，北归时再来探访她。

秦观来到了横州，住在浮槎馆。这里虽然一年四季常绿，然而却异常荒凉。秦观远离京城，举目无亲，悲凉难耐。次年又远徙雷州。

秦观好友苏轼谪贬琼州，秦观才有一丝安慰，偶有书信往来。

元符三年（公元1100年），秦观预作挽词。此时，宋哲宗已死，宋徽宗即位，政局有所变化。宋徽宗发布赦令，被贬谪大臣多数内迁。苏轼量移廉州，与秦观相会于海康。秦观出示挽词，苏轼连声叹息，唏嘘而别。七月，秦观启程北归，八月来到滕州，醉卧光化亭，忽然向家人索要一盂水。家人持水来到秦观处，秦观向水里笑了笑，就去世了。

夏云儿自从别了秦观，便闭门谢客，等待秦观北归。

一天，夏云儿困倦，蒙眬之中却见秦观走来，仍旧是那样清瘦，仍旧是那样多情。秦观向夏云儿一揖，开口说："秦某深感娘子多情，患难中现出真情。数日之后，秦某将路过郴州，望见娘子一面。"夏云儿要挽留秦观，秦观撒手而去。夏云儿哭着，追着，秦观就是不理睬，远远逝去。夏云儿猛然惊醒，原来是南柯一梦，她心中吃惊，自言自语："我与秦学士一别，并未梦见过他。如今梦见他来告别，绝非吉兆。"便派人探听消息。几天后，夏云儿知道了秦观死讯，便对母亲说："从前，我把身子许给了秦学士；如今他已死了，我不忍心背叛他的一片情意。"她母亲应允她的请求。

秦观儿子秦湛扶柩北上，要把秦观归葬扬州。秦湛扶柩

来到郴州,一个白衣女子跪在道中,悲哭不绝。又绕灵柩跪拜三周,白衣女子吟咏《踏莎行》:

雾失楼台,月迷津渡。桃源望断无寻处。可堪孤馆闭春寒,杜鹃声里斜阳暮!

驿寄梅花,鱼传尺素。砌成此恨无重数。郴江幸自绕郴山,为谁流下潇湘去!

行人闻声泪下。秦湛跪地,扶起白衣女子。这白衣女子便是夏云儿。

夏云儿哭祭秦观,远望他的灵柩远去,才转身回家。"秦学士,我生不能侍奉枕席,死也要服侍你。秦学士,你先行一步了,我随后就来。"说完夏云儿自缢,魂随秦观而去。

去年春恨却来时

晏几道（公元1038年~1110年），字叔原，号小山，临川人，是晏殊的第七个儿子。晏殊是北宋前期的词家，在当时的影响也较大。后屡历显要，官至仁宗朝宰相。由于从小受父亲的熏陶，晏几道年轻时就很会写文章，尤其擅长写词，晏殊很喜欢自己的这个小儿子。

好景不长，尽管晏几道做过乾宁军通判、开封府推官等，但由于他为人正直、豪爽，始终得不到皇帝的重用，最后连官都丢掉了。

由于怀才不遇，没有为国家尽力的机会，晏几道就日趋颓废，以酒度日。

这一天，晏几道又喝了很多酒，躺在床上，阵阵寒风吹来，他不禁打了个寒噤，酒也醒了很多。

看着眼前低垂着的帘幕，紧闭着的楼台，过去的一幕幕都重现在眼前，晏几道再也不能抑制自己内心的激动。

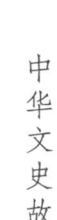

当年，晏几道和同是贵族子弟的陈君龙、沈廉叔是好朋友，三个人从小一块儿长大，因性格相近、志趣相投而成为莫逆之交。

三个人都非常喜欢填词作曲，晏几道词填得最好，而陈君龙、沈廉叔为他的词谱曲，更能起到"画龙点睛"的效果。三个朋友的默契配合，使晏几道的词影响很广，并且成为当时的名妓争唱的对象。

其中，唱晏几道的词唱得最好的有四个人，她们分别是莲、鸿、蘋、云。四个人都歌如黄莺，貌似天仙。而最为晏几道喜欢的要数小蘋了。晏几道怎么也不能忘记他第一次见到小蘋时的情景：

那天风和日丽、秋高气爽。晏几道和陈君龙、沈廉叔从郊外打猎回来。他们三个人的运气特别好，一共收获了四只野鸡和一只野山羊，真可谓是满载而归。晏几道心情特别好。

忽然一阵歌声传来，唱的正是晏几道新填的一首词。歌声如泣如诉，深远悠长，唱出了他词中饱含的真挚情意。晏几道禁不住停下脚步，细细品听。

陈君龙、沈廉叔相视一笑，推了晏几道一下，对他说："走，上去看看。"三人快步走进歌楼。

晏几道只觉眼前一亮，只见唱歌女子美艳绝俗，穿着薄罗衫子，上面有两重心字图案……

正当晏几道细细打量这个歌女时，歌女抬起头来，正好与晏几道的目光相碰。两个人都露出惊喜之色。

这时陈君龙走上前去，说道："小姐可知刚才所唱之词为何人之作？"

"是当今才子晏几道的新词。"

"小姐可曾见过晏几道？"

"只是久闻大名，却无缘相见。"

"小姐请看，这就是晏几道。"说着陈君龙忙把晏几道推到歌女面前。

晏几道深行一礼，道："请问小姐芳名？"

"小蘋。"

"你就是唱晏几道词唱得最好的小蘋，今日一见，不但歌唱得好，人长得更美啊。"

晏几道与小蘋一见倾心，深恨相见晚矣。

又一阵风吹来，把晏几道从回忆中吹醒。晏几道又回到了现实之中。回忆是美好的，可过去毕竟已经过去了，现实却是残酷的。好友沈廉叔因为一场大病，已经离开了人世。陈君龙尽管还活着，也已瘫痪在床。几个歌女也已经不知到哪里去了。晏几道尽管想尽办法寻找小蘋，可她始终杳无音信。悲欢、离合之事，如幻，如电，如旧梦，如前尘。想到这里，晏几道的泪水潸然而下，走到桌前，提笔写了首《临江仙》：

梦后楼台高锁，酒醒帘幕低垂。去年春恨却来时。落花人独立，微雨燕双飞。

记得小蘋初见，两重心字罗衣。琵琶弦上说相思。当时明月在，曾照彩云归。

填完词后，晏几道自己念了几遍，好像对自己说，又好像是对小蘋说："小蘋，无论你去哪里，我都一定要找到你，你可要等着我。"

凌波不过横塘路

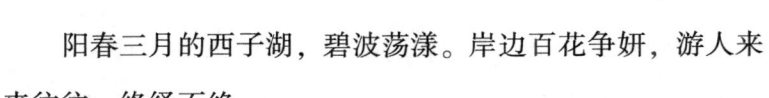

阳春三月的西子湖，碧波荡漾。岸边百花争妍，游人来来往往，络绎不绝。

这时，两位老者从石拱桥上慢慢踱下，边走边聊，不时发出爽朗的笑声。其中一个面色黄黑，五官粗陋，头发稀疏，顶部已谢得光光，他正是擅长短句而妙绝一世的贺铸。而他身边那个长着浓密的络腮胡须的人，便是他的好友郭功父。但见郭功父指着贺铸的发髻，笑着说："这可真是贺梅子了。"贺铸不好意思地笑了，未待功父得意完，他突然捋着功父的胡须道："那么，君可谓郭训狐了？"功父听了一愣，之后，与贺铸一同哈哈大笑起来。

贺铸见了功父那一大把胡子，想到王荆公（即王安石）的诗句"庙前古木藏训狐，豪气英风亦何有"，而称他"郭训狐"的。那么，为什么贺铸被叫作"贺梅子"呢？还要从他所作《青玉案》一词说起——

贺铸出身贵族，算起来还是太祖孝惠皇后的族孙。他从小又博学强记，尤善度曲，常常将别人作的不满意词作，拿来稍加修改，即成一篇新奇之作。他自命不凡，曾夸口道："吾笔端驱使李商隐、温庭筠，常奔命不暇！"但他在仕途上并不得意，总是被任命为一些普通小官，做些琐屑之事。因此，当他由太平州通判改迁奉议郎不久，便以老病退职了。

贺铸退职以后，就闲居于苏州。当时，姑苏城盘门外十余里，有一个清静去处，名叫横塘，贺铸见那里环境幽雅，无人打扰，沿着几间小屋，围起一道矮篱。他整天在那里做他最喜欢的事。据说，他藏书万卷，有一多半都是他亲自一笔一画认真校过的，全无一字之误。有诗为证："低头向萤窗，有类鹤在樊。雠书五千卷，字字穷根源。"

这一日，正是四月梅雨季节。天上阴云低沉，总也不散去，还未到晚饭时间，天早已暗得难辨书中字迹了。贺铸索性从书卷中抬起头来，揉一揉发涩的眼睛，停止了校书工作。他倒背双手，从屋中踱出，站在篱笆前深深吸了几口潮湿的空气，转头向西边望去，但见太阳在层层阴云的遮护后，变成了一块发亮的云，正慢慢地沉下去。忽然，贺铸眼前一亮。只见从对面走来一位年轻女子，她只有十六七岁的样子，穿一身浅色衣裙，长发用绦带轻拢于背后。可惜，由于天色昏暗，很难看清她的容貌。那女子莲步轻移，由远及近，从离贺铸篱墙不远的地方经过，又渐渐走远了。贺铸静静地站在原地把女子的一举一动全部看在眼里，直到那女子走远了。他还目送她那左右扭摆的腰肢，随步飘动的裙褶，直到消失在茫茫暮色之中，贺铸仍然呆立不动。

住在横塘已有半年多了，贺铸每日不是与书籍对面而谈，便是和小书童斗几句嘴，开几句玩笑，偶尔也有一二樵夫唱着山歌从门前经过，却从来没见过什么独身女子的身影。今日一见，那女子的背影却无论如何也无法从贺铸的脑海中抹去。她是那么清新秀丽，那么自然纯朴，也许她都不知道有人在一直盯着她看呢？贺铸不觉琢磨起来："不知她是哪家女子，为何一人出来到这幽僻之处，她又要到哪里去呢？也许她此时正在与她的意中人幽会？不，不会的。也许她已回到家中，独倚东窗，在心里偷偷设想着未来人的模样吧？"想到这里，贺铸忽然呵呵地笑起来，说："我在这里胡思乱想什么呀！一切自有天意。"这时，一阵风拂面，风中夹杂着牛毛般的雨丝。贺铸摇摇头，向屋中走去。临入门，他还无意识地回头向烟雨迷蒙的小路上望了一眼。

书童已点上了灯，灯光摇曳，四壁映出晃动的人影。贺铸在屋中徘徊，怎么也不能安心校书了。他转至书桌前坐下，提起笔，眼前又出现了那女子的身影。于是贺铸俯身写道：

青玉案

凌波不过横塘路,但目送、芳尘去。锦瑟华年谁与度?月桥花院,琐窗朱户,只有春知处。

飞云冉冉蘅皋暮,彩笔新题断肠句。若问闲情都几许?一川烟草,满城风絮,梅子黄时雨!

这首词的内容虽然普通,并无新奇意境,但辞藻精美、工丽,尤其是结尾处三个意象,将"愁"字渲染得淋漓尽致,非常感人。因此贺铸的这首《青玉案》一传出,士大夫皆称他为"贺梅子"了。

尽道君恩须报

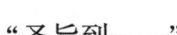

"圣旨到——"

平凉帅蔡挺忽听传报,简直不能相信自己的耳朵,急忙严整衣冠,奔出屋去。他刚到厅前,传报人已到。蔡挺跪地伏首,迎接圣旨。"今提升枢密直学士、平凉帅蔡挺为枢密副使,即日上任。钦此!"宣罢,传报人转身离去,留下蔡挺一个人跪在原地,手捧圣旨,心中又喜又疑:"我蔡挺政事平平,竟得宠荣升,真是上天降福与我。"

其实,蔡挺此次得恩,并非天降的福分,而是事出有因。

三月前,正是初冬季节。细雪初降,蔡挺见满园景物银装素裹,很是高兴,遂招来五六位诗友在郡斋中设酒摆宴,同赏雪景。席间,众人饮酒听歌,不知不觉谈论起时政来。一人抱怨道:"这边塞的冬天比京城来得早许多,我们年年在这里吃苦受累,守卫边土,但恐怕皇上已把我们忘却了。"

另一人也说:"老弟,你就忍耐吧。唐代大诗人不是有诗云'春风不度玉门关'吗?怕是这'春风'也难到我们平凉了。"二人发完这番牢骚,有些人就反对:"二位仁兄岂能如此讲话?报效国家,忠于吾皇万岁,乃是大丈夫应尽之责。"蔡挺稳坐主位,默默听着众人的议论。这时,他端酒起身,道:"来,我敬诸位一杯!适才我听几位所言,偶得一词,在大家面前献丑了。"说着,径自来到旁桌,略加思索,便在一张精美的纸笺上题了一首《喜迁莺》:

霜天秋晓,正紫塞故垒,黄云衰草。汉马嘶风,边鸿叫月,陇上铁衣寒早。剑歌骑曲悲壮,尽道君恩须报。塞垣乐,尽橐鞬锦领,山西年少。

谈笑。刁斗尽,烽火一把,时送平安耗。圣主忧边,威怀遐远,骄虏尚宽天讨。岁华向晚愁思,谁念玉关人老?太平也,且欢娱,莫惜金樽频倒。

既写了边关秋景,又述说了自己此时此刻的心理。

宴后,蔡挺送过客人,想起大半天没见到儿子,便信步向后园走来。

刚跨过月亮门,就看见儿子正蹲在雪地上玩耍。见父亲来了,他便高兴地叫着跑过来。蔡挺故作严厉,道:"朦儿,不在书房好好读书,大冷天,跑到园里来做什么?"小蔡朦一脸认真:"爹爹教育孩儿'冬练三九,夏练三伏',今天天冷,我正好练一练呀?您看这是我写的字。"蔡挺顺着儿子所指一看,薄雪罩着的地面上,已用木枝写了许多字。他心里笑小孩子天真,口里却赞道:"我儿有志气,将来定能成大器。"说着,从袖中取出宴上所作《喜迁莺》,交给儿子,说:"这是父亲今日所填,你拿去临写背诵。快回房吧。""谢谢爹爹。"小蔡朦接了纸笺,蹦跳着跑走了。

事后不几天,恰逢赐衣袄中使从京中巡察至平凉。

当晚,蔡挺便在酒楼设宴,招来城中名流,为中使接风洗尘。当然,在这种场合下,郡中名妓也是少不了作陪的。其中就有名满平凉的妓中魁首秋娘。那秋娘,虽无沉鱼落雁闭月羞花之貌,却也是无与伦比了,而且她还别有一种气质,让人越看越爱。她尤善歌,有一副动人的歌喉。

酒宴进行到一半,大家都有些倦了。蔡挺见此情景,便吩咐道:"秋娘,你的歌唱得最好,来,快快给大家助助兴,提提神。"秋娘依命,抱琴敛容,坐到众人面前,柔声细语:"各位大人,今日我唱一首新词《喜迁莺》。"随即拨捻琴弦,发出和谐悦耳的曲调。"霜天秋晓,正紫塞故垒……""停!"蔡挺突然拍案而起,"不要唱了。"本来,秋娘刚一说要唱《喜迁莺》的新词时,他心中就纳闷,听了一句,觉得像自己前日所填之词,不免觉得自己身为堂堂一郡之帅,填写的词却被一个妓女拿来唱,有失体面,何况又是在京中大臣面前。所以，当秋娘唱至一段，他再也忍不住勃然大怒。众人还未闹清发生了什么事，蔡挺已命令道："来人，将秋娘押下，暂收监中。"

秋娘所唱，果然是蔡挺所作之词。那么，这首词又是如何到得秋娘手中呢？原来，蔡挺将《喜迁莺》词传给儿子后，小孩子贪玩，无意中，便把袖中的纸笺掉落在园中，被看门守院的老卒拾到。老头不识字，但见纸笺精美，就当作稀罕物收起来，并拿给笔吏辨认。恰好笔吏与秋娘关系密切，见是一首词，知道定能讨得秋娘欢心，便将此词赠给了秋娘。谁知这番美意，却为秋娘惹来了一场祸。

秋娘入狱，众家姐妹都为她叫屈。可是，官府中的事，是她们力所不能及的。于是，有人出谋划策："欲救秋娘，非求赐衣袄中使不可。"

中使受了托付之情，他本身并不清楚蔡挺为什么发怒，也不知道秋娘有多大罪过，可他动了怜香惜玉的恻隐之心，还是来到了蔡挺府上。

二人寒暄几句，中使便单刀直入，问道："前日晚宴之上，不知蔡大帅为何动此大怒，将那秋娘投入狱中呀？"蔡挺见中使问起此事，不敢隐瞒，将实情告诉了中使。最后说道："我那日也确因多饮了几杯，火气大，将秋娘处罚得重了些。"中使一听，其中并无太大的利害冲突，便道："既然如此，就请大帅看在我的面子上放了她吧。不然，她的那些姐妹到客馆扰得我也不得安宁。"蔡挺一是碍于中使的情面，一是给自己找了一个台阶，当即命人将秋娘除去枷锁，带到客厅。

秋娘一身素装，未施粉黛，却更有几分纯情。她分别拜谢了蔡挺和中使两位大人。蔡挺道："你今日能出狱，多亏了中使大人的情面。"中使推辞："哪里，我也是看在你姐妹情谊上。秋娘，那日我听你唱得真好。可惜，那首《喜迁莺》只唱了一半。我今日能否有幸把它听完呀？"秋娘低垂眉眼，道："我不敢。"然后，不易被察觉地瞟了蔡挺一眼。"哦，哈哈——"蔡挺一阵大笑，道，"中使大人要你唱，你就唱吧。无妨，无妨！"秋娘得到允诺，深施一礼，复唱起了那首《喜迁莺》，歌声婉转，悠悠回荡在厅堂之内。中使听得欢喜，将词默默记于心中。曲终，中使道："好词。日后我回京，将此词传唱出去，蔡大帅不会怪罪吧？""此话怎讲？小人的词能被人传唱，也是我的荣耀呢。"

次日，赐衣袄中使便启程归京了。

中使回到京中，果然将《喜迁莺》一词送给了宫中一个歌女。其他宫女看到"太平也"三字，也都争相传唱。一时间，禁宫内到处都是"岁华向晚愁思，谁念玉关人老？太平也"的歌声。神宗皇帝听到了，不免要问是何人所作，歌女皆说是从赐衣袄中使处得来。于是，神宗召来中使询问，中使便将在平凉帅蔡挺处发生的事情如实禀告给皇帝。

神宗听罢，微微点头，沉吟片刻，道："来人，笔墨伺候。"侍从不敢怠慢，立即铺纸研墨。神宗批道："玉关人老，朕甚念之。枢管有阙，留以待汝。"

不久，神宗便提升蔡挺为枢密副使，于是有了故事开始的那一幕。

据说，有人还在蔡挺孙子蔡穳家中，见到过神宗御笔亲批的字幅，供在祖宗神位上。

把浮名换了浅斟低唱

柳永,字耆卿,原名柳三变,崇安人,以词闻名,是我国文学史上第一个大量创作慢词的人。

柳永生长在一个官宦世家,生性风流,整日流连于酒楼妓馆之中,过着花天酒地的生活。然而他很会写词,还很年轻的时候,便与他的两个哥哥一起,被合称为"柳氏三绝"。教坊乐工大都认识柳永,每次谱出新曲,一定要柳永为他们填词。于是,柳永填词之曲在街头巷尾被竞相传唱,柳永的名声也越来越大了,甚至仁宗皇帝也很喜欢他的词。

文人儒士寒窗数十载,就为金榜高中,功成名就。柳永也不例外。这一年,柳永已二十多岁,正赶上进士考试。柳永便暂别柳巷花街,闭门读书,一心要考试及第,入朝做官。他心想:凭我三变的学识和名气,不怕此举不中。

一转眼,发榜的日子已到,柳永喜气洋洋地到府中看榜。府中早已挤满了人,柳永费了好大劲儿才到了榜前,从第一排细细看起。可是越看心中越慌,从头看到尾,又由尾寻到头,几大张皇榜上竟找不到柳三变的名字。他的热情一下子降到了零点,颓丧地从人缝中挤了出来。

抱的希望越大,失望也越大。柳永本来满是信心,而今却落得一场空,听惯了称颂之言的他,一时难以接受这个打击。柳永漫无目的地在街上游荡,不知不觉中,又来到了一家酒楼附近。"那不是柳公子吗,怎么多日不来我们月华楼了?"一个年轻女子的声音在柳永耳边响起。柳永转头看去,正是此处的一个有名的歌妓在唤他。柳永心情不好,有意痛快地喝个一醉方休,也不多言,任那女子将他拉进酒楼。

在二楼雅座中,柳永坐在一张临窗的桌前,周围有三四个歌女相陪。那些女子个个穿红着绿,浓妆艳抹,容貌姣好,此时正欢声笑语地聚在柳永左右,讲着笑话,说着趣闻,想讨得柳永的欢心。柳永起先心绪不高,可酒过三巡,感到全身的血液都流动得快了,也被这几个青春烂漫的歌女所感染,竟忘记了刚才的不愉快,与她们推杯换盏,行令猜拳,热热闹闹地玩起来;不一会儿,就将桌上的酒全喝光了。一名歌女又取来一大坛酒,一边上楼,一边叫着:"你们看,谁来了?"随着话音,适才唤柳永的那个名妓飘然而至,说道:"我见你们在这里玩得高兴,也来凑一凑热闹。"然后,接过歌女手中的酒坛为柳永斟满。又一名女子说道:"姐姐歌唱得好,我们都嚷得累了,还是请姐姐为我们唱支曲吧。"柳永在一旁拍手称赞。那名妓推辞道:"都是些旧词了,有什么好唱的。就是我不烦,也怕你们不爱听呢。"她说着,却向大家使了个眼色,把目光投向柳永。歌女们都明白,她的意思是让柳永重作新词,于是都侧转头,四五双水灵灵的眼睛一齐盯住了柳永。

柳永见势微微一笑,放下酒杯,往椅背上一仰,痛快地说:"笔墨伺候。"早已有人备好了一切,赶忙递上。柳永停笔空中,略一思索,便在屏风上题了一首《鹤冲天》:

黄金榜上,偶失龙头望。明代暂遗贤,如何向?未遂风云便,争不恣狂荡?何须论得丧。才子词人,自是白衣卿相。

烟花巷陌,依约丹青屏障。幸有意中人,堪寻访。且恁偎红倚翠,风流事,平生畅。青春都一饷。忍把浮名,换了浅斟低唱!

柳永词中把功名视作"浮名",愿将状元魁首换作"浅斟低唱",但事实上,他终不能从读书、中举、做官的链条中摆脱出来。三年后,柳永经过更加认真的准备,第二次参加会试。

当主考官将录取进士的名册呈给仁宗御览时,仁宗见到柳三变的名字,问道:"这个柳三变,就是那个填词的柳三变吗？"主考官回道："禀陛下，正是。此人擅制词，名声早已传遍京城。"仁宗脸色忽然一变："你可知道他写过一首《鹤冲天》？"说着，提起笔来，将"柳三变"勾了去，也不再往下看，把名册掷在地上，生气地说："既然'忍把浮名，换了浅斟低唱'，就让他去浅斟低唱吧，还要什么浮名？让他接着填他的词吧。"说完，拂袖而去。主考官也就不敢再取柳永为进士。

事情传出宫外，柳永得知因词而不得志，心中后悔不已，一连数日，郁郁寡欢，闭门不出。然而柳永终究是柳永，他虽有一副多愁善感的心肠，可从来不会为了什么事抱憾终生的。这也是纨绔子弟的通病。半月后，柳永已完全恢复了往日模样。后悔已晚，何必后悔？皇上既然说了，让我接着填词，我又为何抗旨不遵呢？于是，柳永越发放纵自己，每日与城中那些游手好闲的少年结集在娼馆酒楼，赋词遣兴，不知约检，并自称为"奉圣旨填词柳三变"。

尽管如此，柳永仍然每试必考。直到公元 1034 年，年已四十七岁的柳永才考取进士，得以进入官场，并且将名字"三变"改为"永"。

正值升平, 万几多暇

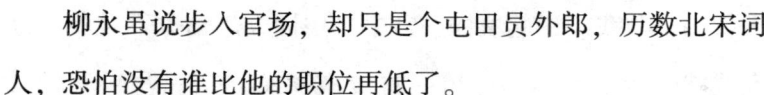

柳永虽说步入官场,却只是个屯田员外郎,历数北宋词人,恐怕没有谁比他的职位再低了。

柳永游东都时,曾作了几首新乐府,通俗浅显,很受百姓喜爱,传播开来,几遍天下。于是,这几首新乐府也像长了翅膀似的,飞入禁宫。仁宗皇帝听了,心想:那柳永也并不是只会写那男欢女爱的庸俗之作,颂扬起自然风光、都市繁荣,也自有工巧之处。因此,每有宴饮,仁宗都要命侍从反复地唱这几首歌。柳永听说了这件事,心中欢喜,认为自己得宠荣升的机会就要到了。

这一日,朝堂之上,众文武大臣正在依次奏事。忽然,太史官报告:"启奏皇上,臣昨夜观看星相,见老人星出现在正南方向。吉星高照,陛下必会寿比南山。祝吾皇万岁,万万岁!"仁宗一听,龙颜大悦,传旨道:"连日来阴雨绵绵,宫中沉闷。今日天气转晴,又逢寿星显现,就在宫中举行宴会，庆祝吉日。"

御宴开始后，仁宗把酒，满面红光，对左右御用词人说道："你等都是我宋朝词行中的高人，今日，朕就让你们以庆老人星的出现为题，各作一篇乐章。"左右词人领旨，退在一旁思考作文。一名内侍悄悄地来到在殿外侍候的柳永身边，叮嘱他说："皇上在里面让人命题作词，你何不也做一篇，讨皇上欢心呢？待会儿，我可以给你递上去。"柳永闻听此言，心中暗喜："我正愁没机会展露我的才华，偏偏上天就赐福与我。论起填词，宫中御用词人恐怕也不及我，今天我就依着皇帝的心思填一首《醉蓬莱》，讨得皇上欢心，何愁不能加官进爵呢？"柳永铺纸研墨，略一思考，写下一首《醉蓬莱》：

渐亭皋叶下，陇首云飞。素秋新霁，华阙中天。锁葱葱佳气，嫩菊黄深，拒霜红浅。近宝阶香砌，玉宇无尘，金茎有露，碧天如水。

正值升平，万几多暇。夜色澄鲜，漏声迢递。南极星中，有老人呈瑞。此际宸游。凤辇何处？度管弦声脆，太液波翻。披香帘卷，月明风细。

然后，自己又认真斟酌一番，感到已经很满意了，遂请内侍转呈仁宗。

秋夜清爽，轻风拂泛着太液池水；披香殿中，灯火通明，一片欢乐场面。酒饮得正酣之时，仁宗发话："众爱卿的词都填好了吧，拿来我看看。"内侍忙将词稿连同柳永的那篇，一起呈献给仁宗。仁宗就在宴席桌前读了起来，他时而点头赞许，时而摇首无奈；或啧啧称道，或拍手叫好。词稿一篇篇翻过，仁宗忽然显出不悦的神情。这一篇正为柳永所作，仁宗刚看到第一个字"渐"，就觉心中不快。耐着性子，继续往下看，"正值升平，万几多暇……此际宸游。凤辇何处"这一句，正与仁宗为真宗制的挽词暗合，仁宗被勾起了伤心事，凄惨的神情笼罩在他的脸上。再往下看到"太液波翻"，仁宗既然心中不快，对词句就越加敏感，他思虑道："这'波翻'是什么意思？池水都会波涛翻动，该是多么不平静，难道预示我大宋江山不稳固吗？不吉利，太不吉利！"仁宗闭上双眼，不愿再往下读，道："为什么不说'太液波澄'呢？"随手将柳永的词扔在了地上。

　　自柳永作《醉蓬莱》一词之后，仁宗殿中再没有唱过柳永的词。

　　而柳永呢，也再没有被提升过，一生只做了个屯田员外郎的小官。柳永晚年流落润州，并终于此。当时王和甫为润州太守，四处找寻柳永的后嗣，却没有找到；最后，只得自己出钱将柳永的尸首安葬了。

三秋桂子，十里荷花

柳永在世时，虽不能居高官以显达，处荣华以扬名，但他一生风流俊逸，闻名于天下，死后也是相当风光。据《独醒杂志》上说：柳永死后，葬在枣阳县花山，每到清明节，远近八方的人，都抬着满坛的美酒，到他的墓前来饮，称之为"吊柳会"。

柳词多写羁旅愁绪，男女之情，"铺叙展衍，备足无余"，而且音律谐婉，浅显俚俗，多为人们所喜爱。以至在西夏，"凡有井水处，即能歌柳词"。一次，侍郎刘季高在相国寺吃饭，席间谈论歌词，刘季高便口若悬河、旁若无人地大谈起来，言语中有意贬低柳永的词，将柳词说得一无是处。座中一位老臣实在听不下去了，便默默地站起来，取来笔纸，跪在刘季高面前，请求说："您既然认为柳词不好，何不亲自作一篇让我们看看呢？"一句话问得刘季高哑口无言，从此，再也不敢在人前妄言，诋毁柳永了。

的确，柳词以其别具一格的特色，俚俗之间见工巧，具有动人的魅力。

柳永年轻的时候，曾到名胜钱塘游览。当时，正值秋季，钱塘佳处，一片人丁兴旺、物产丰富、商业繁华的景象。柳永白天在城中街市徜徉，晚上到江边船上饮醉听箫。他见到如此的美景盛况，心中感慨万分，激动不已，一连写下许多首词，其中有一首《望海潮》：

东南形胜，三吴都会，钱塘自古繁华。烟柳画桥，风帘翠幕，参差十万人家。云树绕堤沙。怒涛卷霜雪，天堑无涯。市列珠玑，户盈罗绮，竞豪奢。

重湖叠巘清嘉。有三秋桂子，十里荷花。羌管弄晴，菱歌泛夜，嬉嬉钓叟莲娃。千骑拥高牙。乘醉听箫鼓，吟赏烟霞。异日图将好景，归去凤池夸。

恰巧，杭州知州孙何与柳永本是少年时的朋友，二人曾同窗共读，同试乡里，交情很深。只是后来，孙何中了进士，做了一州之长，而柳永屡试屡落，至今还是个"白衣卿相"。二人分别已有五年，柳永很想借览胜之机，与孙何见上一面，话离别，叙旧情。谁知时位移人，孙何既然当了官，就觉得与柳永这个布衣往来有失身份，不是说身体不适，就是借口外出未归，推托不见。柳永三番五次求见，都被门卫挡回，他心中不满，却也无可奈何。依旧整日四处游荡，在酒楼妓馆中消遣时光。

这一日，柳永慕名去拜谒杭州名妓楚楚。一个是风流才子，一个是美妙佳人，二人一见如故，情投意合。柳永将自己的《望海潮》赠给楚楚，楚楚一看甚是喜爱，急忙调弦转调，轻声哼唱了起来。唱完一遍又唱一遍，连连称妙。柳永在一旁看她唱着词，入迷的样子，庆幸自己觅到了知音。欢笑间，柳永说出自己欲见孙何，却没有门路，多次被拒之门外的事情。楚楚杏眼一转，莞尔一笑，说道："柳相公有如此奇才，还愁欲见无门吗？既然如此，我愿为相公架桥。"柳永欣喜："若能如此，我先谢谢小姐了。不知小姐是用何种方法？"楚楚说："过两日，便是中秋佳节，孙帅要在家中宴请宾客，已令我前去侍奉。到时候，我就在酒席上唱柳相公的这支《望海潮》，孙帅听到如此好词定要询问是何人所作，我便说是柳相公的杰作。那孙帅是个爱才之人，必定欣然与你相见。"

中秋之夜，明月高悬。孙何的后园中散发着浓郁的桂花的芳香，只见凉亭设一长案，布列着各种时令水果，几位衣着华贵的人正围坐案前饮酒赏月。孙何今晚非常高兴，与客人推杯换盏，谈古论今，不论尊卑共享良宵。忽然，侧旁传来一阵莺声燕语，几个歌妓正你推我让地争着什么。孙何转头问道："你们几个这么高兴，是有什么喜事吧？"一个红衣女子抢着说："楚楚新得了一首好词，说今晚要唱给相爷听，我们正催她呢。"孙何一听，非常感兴趣，道："楚楚，难道还要学琵琶女千呼万唤始出来吗？快来，本帅已好久没听你唱歌了。"

楚楚怀抱月琴坐到空地正中，轻捻丝弦，慢启朱唇，唱起了《望海潮》，月光斜洒在她身上，轻风拂起她的白纱衣，犹如仙女下凡一般。"……烟柳画桥，风帘翠幕，参差十万人家……"歌声飘荡在庭院中，时而婉转低回，时而活泼轻快，众人听得入了神，击节附和。孙何听到"有三秋桂子，十里荷花"一句，已禁不住叫出好来。曲罢，楚楚在众人的掌声中屈膝行礼，正待退下，果然不出楚楚所料，孙何叫住她问："你这歌词是谁人所作？""他乃是从汴京来此的柳公子柳三变。"孙何一听，竟是老朋友到此。楚楚接着说："柳公子已多次来拜见相爷，都被守门阻挡，才出此投词问路的下策。"孙何面有愧色，追问道："柳三变现在何处？""在城南桥头客栈。"

于是，孙何立即派人去请柳永，自己亲迎至府门。朋友见面，分外亲热。

一首《望海潮》打动了楚楚与孙何，使布衣柳永终能见到孙何。

据说，这首词流传到塞北，金主闻听"有三秋桂子，十里荷花"一句，怦然心动，日夜向往江南，便燃起挥鞭渡江的愿望。大宋江山从此不再太平。谢处厚曾作诗埋怨柳永道:"谁把杭州曲子讴,荷花十里桂三秋。哪知卉木无情物,牵动长江万里愁。"但是,也有明事之人,说道:"柳永一首《望海潮》虽'牵动长江万里愁',但是湖光山色清丽俊美,使士大夫们流连于歌舞嬉游的享乐中,把保卫中原忘记了,才是最可恨的。"

平山阑槛倚晴空

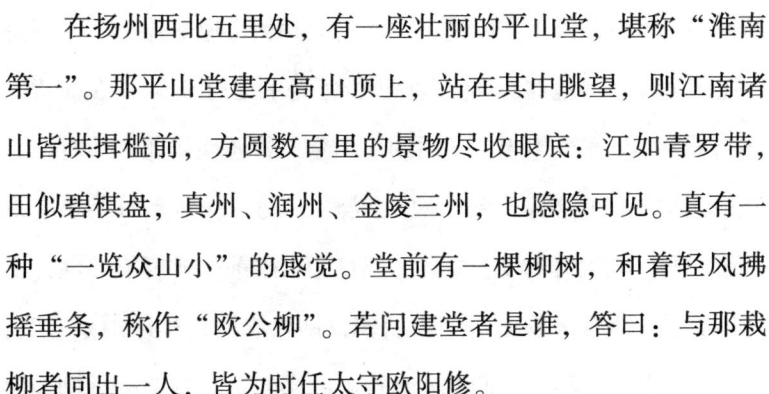

在扬州西北五里处，有一座壮丽的平山堂，堪称"淮南第一"。那平山堂建在高山顶上，站在其中眺望，则江南诸山皆拱揖槛前，方圆数百里的景物尽收眼底：江如青罗带，田似碧棋盘，真州、润州、金陵三州，也隐隐可见。真有一种"一览众山小"的感觉。堂前有一棵柳树，和着轻风拂摇垂条，称作"欧公柳"。若问建堂者是谁，答曰：与那栽柳者同出一人，皆为时任太守欧阳修。

欧阳修，字永叔，号醉翁，又号六一居士。吉州吉水人。出生于一个小官吏家庭，四岁丧父。母亲郑氏穷居自守，亲自教他读书习字。欧阳修十岁所作诗文，便已显成人手笔；二十四岁中进士，初任西京留守推官。然而因其耿直敢言，仕途曲折，屡次迁官。曾先后做过馆阁校勘，夷陵县令，知谏院，龙图阁学士，知扬州、颍州、开封，枢密副使，刑部尚书等官职，最后以太子少师退休。终年六十六岁，谥号"文忠"。

欧阳修任扬州太守的时候，始建平山堂，每至六七月间，他便邀上几位好友，一大清早就上了山，在平山堂中避暑。平山堂地势高，风景秀，众人聚于此处饮酒对弈，舒心畅快。尤其是环堂左右，老木参天，竹林荫翳，人进到里面，暑气全无，爽心怡人。每到这时，欧阳修就会诗情洋溢，把酒吟咏，引得朋友拍手称快。

如今，欧阳修已调任他职。这一天，骄阳似火，炽烤着大地，蝉鸣不已。欧阳修坐在屋檐下的一把太师椅上闷热难熬。他手持一把大蒲扇不停地摇，却无丝毫凉风，索性丢了蒲扇靠在椅背上闭目养神。他不禁想起了扬州的平山堂，若还在扬州，此时该是在平山堂了。他这么一想，心中已静了三分，仿佛空气的热度也降了一些。欧阳修沉浸于往日的回忆中：眼前仿佛轻雾迷漾，山影朦胧，一阵轻风吹来，细雨斜飘，钻入衣襟；耳边山泉叮咚，旁边的大明寺里传出单调的木鱼声。我当年种在堂前的垂柳如何了？大概已经长得枝条繁茂了吧。不知现任的扬州太守刘贡父是否也常到平山堂去？他也算得个雅士，一定会欢喜那里。欧阳修心情愉快，心想：我为何不作词一首，向刘太守推荐这避暑佳境呢？于是他提起来笔来，写下了《朝中措》：

平山阑槛倚晴空，山色有无中。手种堂前垂柳，别来几度春风。文章太守，挥毫万字，一饮千钟。行乐直须年少，尊前看取衰翁。

　　这首《朝中措》传至刘贡父手中，刘贡父久闻欧阳修大名，得此佳作，真是爱不释手，便细细品味。正在探究之时，刘贡父忽然笑出了声，道："从平山堂望江左诸山是非常近的，欧公如何说'平山阑槛倚晴空，山色有无中'呢，看来欧公视力不佳啊。"

　　这话传到苏东坡耳中，东坡不禁连连摇头，朗声大笑，口占《快哉亭》，说明其中误会："长记平山堂上，欹枕江南烟雨，杳杳没孤鸿。认得醉翁语，山色有无中。"原来，平山堂居高冈之上，江左诸山与之相平，一旦烟雨霏霏，近处山色，也在有无之中了。人们读了《快哉亭》，再品味"山色有无中"一句，更觉欧公所语，别有一番意境。

　　据传，关于平山堂前的"欧公柳"还有一个故事：欧公以诗文闻名于天下，极受人们敬仰。他离任扬州后，当地百姓每到平山堂，都会手指垂柳说："这就是欧公亲植柳树。"后来，薛嗣昌就任扬州，也在"欧公柳"对面亲种一柳，自称为"薛公柳"，想借欧阳修的名声来为自己扬名。不料，在薛嗣昌正洋洋得意之时，人们对他的行为早已嗤之以鼻了。当他任期已满，调任他处以后，人们就将那棵"薛公柳"几斧砍倒了。事情流传下来，薛嗣昌扬名的目的虽然达到了，却成为千古被人嘲讽的对象。

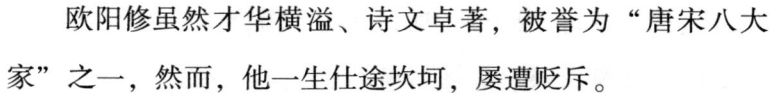

行人更在春山外

欧阳修虽然才华横溢、诗文卓著，被誉为"唐宋八大家"之一，然而，他一生仕途坎坷，屡遭贬斥。

景祐元年（公元1034年），欧阳修应诏入京，充任馆阁校勘，与范仲淹同在朝中侍奉天子。当时，宰相吕夷简把持朝政，任亲蔽贤，使得许多朝臣敢怒而不敢言。范仲淹向来耿直，敢于直谏，屡次上表，言辞犀利，指责朝政，遭到权幸的忌恨。景祐三年五月，范仲淹再次上奏，批评吕夷简一伙专擅权势，结党营私。奏章未上奏皇上，先被吕夷简的宠信扣下。吕夷简见范仲淹竟将矛头对准自己，心中愤怒，寻找事由，将范仲淹贬职饶州。

驿道边，长亭内，欧阳修已将范仲淹送了一程又一程。此时，二人把酒长谈，依依不舍。欧阳修气愤地说："吕夷简这个奸相，总有他威风扫地的那一天。"随即他又劝道："范兄，你且不要着急，暂往饶州，小弟在京中为你活动，找到机会，一定奏请皇上为你平反，令你重回京中。"范仲淹叹道："你还是多为自己想想吧。我此次获罪，势必会连累到你。再说那吕夷简是何等人物，怎么会就此甘休？"欧阳修听后无语，陷入沉思。过了一会儿，范仲淹起身拱手，说："欧兄，'送君千里，终有一别'。你我兄弟就在这长亭分手吧。"

果然，不几日，欧阳修与朋友余靖、尹洙也先后外任。但欧阳修仍坚持自己的政治主张，决意要为范仲淹在朝廷申辩。一天，他来到在朝居官的友人家中，请友人为他向皇上递奏折。友人看过奏折，面带尴尬，道："不是我不给你帮忙，只是吕夷简指使御史台立榜，绝不允许百官越职言事。如今就是递了上去，也会被扣下来，落在宰相手中。何况你如此言辞，定要触怒权贵，得罪了宰相，可不是我能承担得起的。你不妨听我一句，保住自己的官就行了，别再争辩什么了！"欧阳修体谅友人一番心意，而心中却愈加不平。"奸臣当道，贤人受贬，谏官畏惧权势，妄依人言，如此何以主持正义，何以治国兴国？"欧阳修激愤不已，提笔写了一封《与高司谏书》，力斥谏官高若纳："不复知人间有羞耻事。"信一送出，祸事便又一次降到欧阳修身上，他被贬为夷陵县令。

路遥遥，人伤怀。欧阳修风雨兼程，向那个偏远的小山城而去。一路上，他总也忍不住回想此次被贬之事。"坚持正义，为国尽忠，我何罪之有？排挤贤良、阿谀权贵，我怎能与他们同流合污？今日虽因敢于讲实话，被赶出朝廷，但我终是无怨无悔。"此时，欧阳修已来到了夷陵县境，走在一片平原之上，远处是连绵不断的小山丘，再翻过那片山，就到了县城了。他索性撒了马缰，放任马儿在绿毯一样的草地上自由行走。正是早春天气，正午的阳光暖暖地照在他的身上，闻着草儿的清香，听着辔环叮叮当当作响，欧阳修感到周身舒畅。昨夜，住在客馆，也许是旅程将尽，心中不宁；也许是春至犹寒，欧阳修看着窗棂上冷月映照出的残梅的影子，无法入眠。现在，被太阳一照，借着马背上的晃动，他竟然在马鞍上打起瞌睡来，迷迷糊糊中，好像身处京中酒楼之上，与他相好的歌妓，正站在那里，向他挥手告别。忽然，马儿打了一声响鼻，把欧阳修从睡梦中拉了回来。欧阳修抬起头，双手揉揉发沉的眼皮。回头望，天地茫茫；向前看，春山无尽。欧阳修不免轻叹一声，口咏一首《踏莎行》：

候馆梅残，溪桥柳细，草薰风暖摇征辔。离愁渐远渐无穷，迢迢不断如春水。

寸寸柔肠，盈盈粉泪，楼高莫近危阑倚。平芜尽处是春山，行人更在春山外。

欧阳修停马伫立，沉浸在词情之中。然后，马上催鞭，向着无尽春山驰去。

欧阳修在夷陵任职一年，虽然心中总有难以释解的苦闷，但山城那富有野趣的生活，也不时给他一点儿慰藉。

柳外轻雷池上雨

庭院深深深几许？杨柳堆烟，帘幕无重数。玉勒雕鞍游冶处，楼高不见章台路。

雨横风狂三月暮。门掩黄昏，无计留春住。泪眼问花花不语，乱红飞过秋千去。

西京留守钱惟演的后园中，一个歌妓正为众宾客唱一首欧阳修的《蝶恋花》。曲毕，抱琴行礼，退了下去。"我们几人在这里坐了多时，怎么还不见欧阳修与春香前来？"座中一人抱怨道。"老兄莫急。欧阳修是何等风流？刚才，我见他二人往假山那里去了。"几人会心一笑，首座的钱惟演说道："等他二人来了，一定罚他一罚。"原来，今日钱郡守在家中设宴招待幕中同僚，而欧阳修与他的宠妓春香迟迟未到，让众人等得着急，刚才发话的，正是与欧阳修同在幕中的梅尧臣和尹洙。

大家正说着，欧阳修牵着春香匆匆向这边设宴的大院走来。众人见他们神采飞扬，春风荡漾，那春香的两颊还泛着红晕，便什么都明白了。"小弟来迟了。告罪，告罪。"欧阳修向座中人一一拱手，随即转身坐在自己的位置上。春香也想就此入席，却被钱惟演阻住。他故意问道："春香呀，大家都在这儿等你唱歌助兴，你怎么倒端起架子来，迟迟不到？"春香一听，郡守的话虽严厉，但语气中带着戏谑。于是眼珠一转，抱怨道："大人息怒。刚才奴耐不住这正午暑热，到凉堂去睡觉。谁想一觉醒来，丢了一支金钗，找了半天，还是没找到，所以耽搁了侍宴。"

钱惟演哈哈大笑："好你个春香，果真伶俐。也罢，我且不怪你误宴，只要你能求到欧阳修的一首词，我便立刻偿还一支金钗。"春香赶忙上前，为钱惟演斟了一杯酒。然后，手持酒壶，来到欧阳修座前，一面斟酒，一面用眼斜睨欧阳修，显出一副娇态。欧阳修一言不发，只是微笑着看着春香，将酒一饮而尽。春香斟满一杯又斟一杯，也不说话，只用眼波传情。欧阳修连饮数杯后，遂掷杯起座，笔墨早已备好，他挥笔泼墨，洋洋洒洒，赋得一首《临江仙》：

柳外轻雷池上雨，雨声滴碎荷声。小楼西角断虹明。阑干倚处，待得月华生。

燕子飞来窥画栋，玉钩垂下帘旌。凉波不动簟纹平。水精双枕，傍有坠钗横。

他边写边咏，众人都击节相伴。当欧阳修"横"字一落笔，大家已交口称赞，为欧阳修的敏捷才思叫好。

钱惟演赶忙让春香为欧阳修斟酒，又差人取来一支金钗，送给了春香。

六朝旧事如流水

秋风瑟瑟，暮霭沉沉，一位五十开外的老者来到江宁府前。他胯下一匹枣红马，腰佩青龙宝剑，身穿官袍，头戴乌纱。老人的须发皆已灰白，而目光依然锐利。此人便是新任知府大人王安石。

王安石，字介甫，临川人。宋仁宗庆历二年中进士，屡任判官、知县、知州等职。神宗继位，将他召为翰林学士、参知政事，并极力支持他变法，提升为宰相。但是，四年以后，随着变法的不断深入，各种受到抑制的豪强势力对新法的反对愈加强烈，变法派内部也分崩瓦解，连皇帝也动摇了。于是，王安石主动上书神宗辞去相职，请求出任江宁知州。熙宁八年，王安石再度入相。然而，对立派与变法派分庭抗礼的局面，令王安石情绪低落、意志消沉，他"自念行不足以悦众，而怨怒实积于亲贵之尤；智不足以知人，而险诐常出于交游之厚"，不过一年多，便第二次罢相，重新回到江宁府。

说起江宁府,王安石似乎对它有着特殊的感情。少年时代的王安石就曾经跟随父亲游历过江南,从那个时候起,江宁那秀丽的山水、古老的历史,便给他留下了深刻印象,令他陶醉,令他怀念。在他十九岁时,他的父亲因病在江宁府去世,从此,王安石一家便在这里居住下来。后来,王安石一朝出仕,虽说政事缠身,游历四方,但他仍然思念着家人和江宁。直到公元1063年,母亲谢世,王安石才得以重回江宁。守丧期满,他便在家中收徒讲学,在繁重、艰难的仕途之路上暂时休息。三年后,他成为江宁府知州。因此,江宁府是王安石的第二故乡,是他人生旅途的港湾,每当他在变法中受到挫折,遭到排挤,他都会忆起那个给他带来欢乐、痛苦,促他发奋、直前的江宁;也正因为如此,王安石才在二度罢相时,都请求到江宁任职。

王安石回到家中已有月余,但他此次归来,却感到与以前几次不同,没有了以往的那份归港的宁静、欣慰,没有了以往的那种养精蓄锐、重归瀚海的信心、壮志,心中充满惆怅与酸楚。他疲倦了。不,更准确地说,他是厌倦了。

这一日,王安石在书斋中翻看了一会儿史书,感到心中烦躁,坐立不宁,便掩卷出门,到街上漫步。不知不觉中,竟来到凤凰台前。凤凰台乃是久负盛名的胜地,王安石每到江宁府必游凤凰台;只是此次回来,心绪不佳,一直无心览胜。今日既然到此，不妨登高一望。

王安石拾级而上。故地重游，他心中自多了一份感慨。看眼前，一片暮秋景象：长江如带，缓缓东流，点点白帆，来往匆匆；远处群山迭起，翠色可人……苍茫天水间，一轮落日将余晖静静地洒在江面、山峰和那在西风中招摇着的酒旗上，真是一幅难以描绘的图画。王安石看到这些，心中已有了几句："千里澄江似练，翠峰如簇。征帆去棹残阳里，背西风，酒旗斜矗。"

忽然，一阵冷风掀动他的衣襟，两片落叶打在他的身上，然后悄然坠地。王安石身上一凉，顿感一种悲凉。"毕竟是时过境迁，物是人非啊！那长江水日夜奔流不止，那叠翠山依然耸立不动，可有谁知道，江船上换了几代舵手？酒旗下又更替了多少代主人？而这金陵城——六朝的故都，又看到了多少历史的兴亡盛衰？这凤凰台前，又上演过多少人世间的悲欢离合？"王安石独自一人在高台上久久伫立，从古想到今，从当朝皇帝想到自己。对于自己在官场几度沉浮，他时而羞愧，时而又进入一种旷达、超脱的境界："我一个人比不上沧海一粟，在这浩瀚历史长江中，又算得了什么呢？"想到这里，王安石心中怅然，手扶栏杆，凝神于肃秋中天边那片淡淡的云彩，吟咏了一首《桂枝香·金陵怀古》：

登临送目,正故国晚秋,天气初肃。千里澄江似练,翠峰如簇。征帆去棹残阳里,背西风,酒旗斜矗。彩舟云淡,星河鹭起,画图难足。

念往昔,繁华竞逐,叹门外楼头,悲恨相续。千古凭高对此,漫嗟荣辱。六朝旧事随流水,但寒烟衰草凝绿。至今商女,时时犹唱,《后庭》遗曲。

据《古今词话》上说,后来北宋文人争相以《金陵怀古》为题,填写《桂枝香》,竟有三十多首,但唯有王安石的这一首成为千古绝唱,流传至今。

柔揉蓝一水萦花草

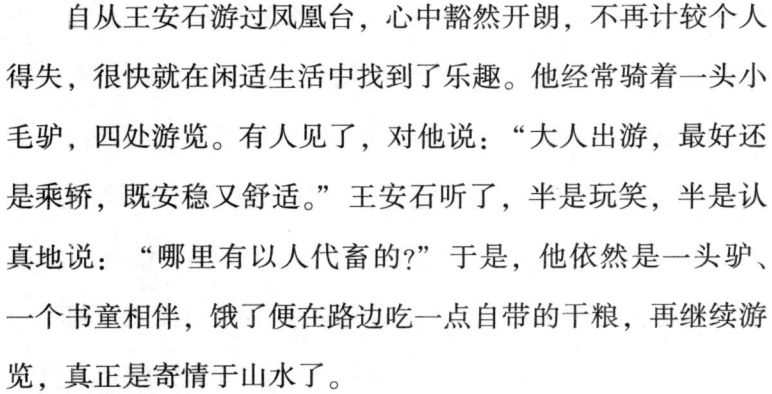

自从王安石游过凤凰台,心中豁然开朗,不再计较个人得失,很快就在闲适生活中找到了乐趣。他经常骑着一头小毛驴,四处游览。有人见了,对他说:"大人出游,最好还是乘轿,既安稳又舒适。"王安石听了,半是玩笑,半是认真地说:"哪里有以人代畜的?"于是,他依然是一头驴、一个书童相伴,饿了便在路边吃一点自带的干粮,再继续游览,真正是寄情于山水了。

一连几日阴雨天气,使王安石闷在家中。这一天清晨,太阳早早地探出了头。王安石醒来一见,有说不出的高兴,顾不得洗漱,便令人唤书童来。那书童何等聪明、伶俐,飞奔到王安石面前,第一句话便是:"禀老爷,驴已备好。"王安石一听,拍着书童的头直笑:"你这鬼精灵,今天就让你说说,我们去哪儿?"书童道:"往日老爷总走西城门,今天我们不妨从东门出城,听说,有个地方叫白塘,风景很好。"

王安石一身便服，悠悠地坐在小毛驴的背上，任驴儿驮着他向城东而去。出城不远，便来到了钟山下。此时，王安石已下了驴，他手拄一根竹枝，向山上攀登。书童牵了驴，紧随其后。经过了一段陡坡，王安石的衣衫已被汗水浸湿，喘着粗气坐在一块大青石上。阵阵山风吹过，他略感凉爽，才有心转头看看周围的景色。只见前面的一段缓坡，长满了嫩竹，竹林不疏不密，既可照到阳光，又有遮暑的阴凉。这里有鸟语花香，而无人喧马嘶；有清风细泉，而无俗音尘气。王安石倚住青石，抬眼望着面前的人间仙境，半天没有发话。书童在一旁早从主人的表情中看出了他的心思，凑上前道："老爷，若是能在这里建上两三间房子，闲来在此住上几日，岂不是件快事？"其实，此时的王安石已开始在心里盘算在何处造屋，如何引水架桥了。主仆二人又想到了一处。王安石也不再上山，只在这半山腰处流连到傍晚，方才下山。当晚便安排人，准备开工事宜。

一晃半月过去。王发石在白塘佳境建筑草堂、即日竣工的消息已不胫而走，好友们都前来庆贺。众人正谈笑间，一名家丁满面春风，跑进来报告："老爷，草堂已完工，您可以去查看了。"宾客一听，拱手贺道："恭喜乔迁之喜。"王安石十分高兴，挥手道："今日老夫有幸请到诸位，就请大家随我同往，评一评老夫的眼力如何。"

王安石在众人的簇拥下，向城东走去。一会儿，便来到半山坡上。但见翠竹掩映间，两座茅屋似隐似现。在远处，就可听见水声潺潺，莺蝉相和，让人感到仿佛与大自然更近了。待大家来到舍下，见那八功德水正从房前经过，水势时缓时急，缓处设作小港，急处叠石为桥。而桥下那激流，时而飞溅起朵朵白花，时而又有银鱼翻腾跳跃。整个景色都如天造地设一般，全无人工雕琢之痕。

众人见了连连赞叹。一人道："介甫兄眼力不凡，选得这样一块好地，享此清雅之境、超凡之趣。"一人赞同说："确实如此。我在这江宁城生活了大半辈子，却没有发现这块宝地，真是天大的遗憾。"大家你一言我一语，说得王安石抑制不住心中的兴奋，开口道："我的年岁与诸位比也不算小了。今日，我在这半山坡上建起草堂，已打算归隐青山秀水中，摆脱仕途累赘。因此，老夫从此改号'半山老人'，诸位意下如何？"这时，一个年纪略轻的人高声建议："半山老人喜迁新居，还应该有词纪念呀！"王安石听到已有人称呼自己刚立的字号，便呵呵一笑，提起笔来，就在那青石桌上题了一首《菩萨蛮》：

数间茅屋闲临水，窄衫短帽垂杨里。花是去年红，吹开一夜风。

梢梢新月偃，午醉醒来晚。何物最关情？黄鹂三两声。

王安石每写一句,众人便吟咏一句。写罢,王安石听着众人评赏"花是去年红,吹开一夜风"之句,命家仆取来好酒,与众宾客开怀畅饮。

王安石自得了"半山老人"之号,果真像个隐士一样,在半山草堂中日与林鸟相伴,夜听蛙鸣蝉声,很少回到城中。

他常常会独自在竹林间,听着翠叶随风摇动的沙沙声和小虫的窃窃私语,一坐便是大半天,什么也不想。当然,有时他看着那慢慢下落的夕阳,也会回忆起那悠悠往事。

王安石耐不住冬季山里的严寒,已有一冬没有到半山草堂去。转眼间冬去春来。这一日,天气格外暖和,阳光也分外明媚。王安石总算盼到可以重归山里的日子了。他也不骑驴,就径直向城东走去。

呆闷了一冬以后,突然走这么远的路,令王安石又累又热。但是,沿路上那些新抽芽的柳条像又见到老友似的向他摇摆,黄鹂叽叽喳喳,时前时后地在他周围低飞,都令他精神一振,劲头倍增。来到草堂,王安石已经大汗淋漓了。他索性将那累了他一路的厚棉衣脱去,身上顿感轻爽。看园的家仆见主人来到,急忙搬出一把大摇椅,放在屋前的阳光下,并泡上一壶浓浓的香茶。王安石懒洋洋地晒着太阳,闻着扑鼻的茶香，不知不觉地进入了梦乡……

忽然，王安石听到有许多人喊着他的名字从山下走来，连忙起身迎接。王安石旧时的伙伴不知从什么地方都冒了出来。他们身着蟒袍，头戴乌纱，每人都是一样的打扮，而且都留着长长的胡子。这些人虽说都是一副老态龙钟的样子，却又带着几分天真、顽皮。众人寒暄几句，未及落座，一个老者趁王安石不备，一把揪住他的胡子说："哎呀，介甫兄，这么多年不见，你的胡子怎么不见长呀？"王安石被问得莫名其妙，还没来得及回话，另一老者已抢先说："若论胡子长，还要数我的。"一时间，大家都托着胡子七嘴八舌地争论起来，有的说自己的长，有的说自己的白。王安石夹在其中好生纳闷："这帮老头今天怎么这样奇怪？"竟也拉着自己的胡子，仔细地端详起来……

正待要发话，王安石突然醒过来，手还扯着自己的胡子。"唉，原来是一场梦呀！"王安石摇摇头，无可奈何地笑了。他从摇椅上站起身，活动几下筋骨，伸手端起了茶杯。可是，他脑中却怎么也无法甩脱刚才梦中的影子，几个老朋友比胡子的趣态总是在他眼前晃来晃去。王安石走上小桥，看着刚刚解冻的溪水哗哗流过，陷入了沉思："又是一年了，自打我离开京城，老朋友们就再也没机会相聚。今日大概是他们托梦来看我吧。这些老顽童，一定又老了许多。岁月不饶人啊！"想到这里，王安石竟不自觉地低头看着自

己两缕垂至胸前的胡须，乌黑、浓密中只夹杂了几根银丝。于是，他暗自庆幸，虽自诩为"半山老人"，却还不至于像昔日朋友那样，老得须发如霜。也许正是受这山水之荫吧。王安石愈加爱恋半坡草堂的一草一木，愈加喜爱这看似简陋、却不失野趣的生活了。

王安石立在小桥之上，任思绪飘得很远。许久，他的目光落在茅屋上那小巧的窗棂上，心中忽然冒出几句词，便赶忙奔到书桌前，抓住这份灵感，记下了一首《渔家傲》：

平岸小桥千嶂抱，柔蓝一水萦花草。茅屋数间窗窈窕。尘不到，时时自有春风扫。

午枕觉来闻语鸟，欹眠似听朝鸡早。忽忆故人今总老，贪梦好，茫茫忘了邯郸道。

时见疏星渡河汉

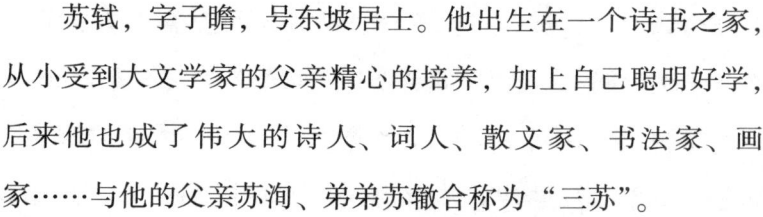

苏轼,字子瞻,号东坡居士。他出生在一个诗书之家,从小受到大文学家的父亲精心的培养,加上自己聪明好学,后来他也成了伟大的诗人、词人、散文家、书法家、画家……与他的父亲苏洵、弟弟苏辙合称为"三苏"。

苏轼的童年是很幸福、快乐的。他不但可以从各个朝代的书中获得丰富的知识,还有机会接触到很多新鲜的人和事,听到好多美妙的、神奇的传奇故事。这些故事对他后来的创作影响很大。他的有些名作完全就是记述了小时候听到的新鲜事。

在苏东坡七岁的时候,他在家乡遇见了一个老尼。老尼自称姓朱,自幼便在眉山出家,后随师父云游四方,苦心修炼,至此已逾八十载。苏轼大为惊讶,忙问:"神仙高寿?"老尼双手合十,念了一声"阿弥陀佛"道:"年近九十岁,离修得正果还远呢!"苏轼用惊异的目光紧盯着这位老尼,

但见老人眉毛已是雪白了，慈眉善目，面容和善。岁月的沧桑在老人脸上刻下道道皱纹，但她依然神清气爽，精神焕发，目光睿智而深邃，让人肃然起敬。

老尼端坐在一棵大榕树下，双目微合，平心静气地休息。她脚上的草鞋已有些破旧，随师父云游的一个小尼姑，肩上还背着三双草鞋以备以后的路途。苏轼好奇地问："您走了不少的地方吧？前面的路还有多远？"老尼先是不语，然后道了一声"阿弥陀佛"，微微笑道："我乃出家之人，广结善缘罢了，年轻时就曾随师父入过蜀主孟昶的宫中。"苏轼急忙地问："听说孟昶有个妃子叫花蕊夫人，美若天仙，您老可曾见到？"老尼笑道："见过，见过。"于是，她把所见到的蜀主与花蕊夫人乘凉的情景讲给苏轼听。

这孟昶，是后蜀主孟知祥的儿子，他继承王位后生活越来越奢侈，朝政也腐败了。宋朝大军讨伐蜀地，孟昶之军抵御不过，只好投降宋朝。朝廷见其有用，封其为秦国公，他最后死在了开封。

孟昶在位时，后宫粉黛数不胜数，但他最宠爱的还要属花蕊夫人。这花蕊夫人姓什么？有人说是徐匡璋之女，也有说她姓费，是青城人。她又号慧妃。那为什么别号花蕊夫人呢？这是由于她的美好，使花不足以拟其色，而似花蕊之圆翾轻，飘飘若仙。

这一日，天气非常炎热，至夜，人们仍难以入眠，蜀主与花蕊夫人也没有睡着，最后两人索性起来，到摩诃池上避暑纳凉。

这一夜，月明星稀。在摩诃池畔水殿卧榻上，斜倚着轻披薄纱的花蕊夫人。轻纱遮不住她丰腴的身姿和冰玉般洁白晶莹的肌肤。在这酷暑大热的夏夜里，她是那样安然地卧着，身上竟无半点汗气，她像一阵清风吹拂而来，又飘忽而去。难怪人们都说她不是凡尘中人，而是花为肚肠、雪为肌肤的姑射仙子。贞静娴雅、寡欲无烦使她暑夜自凉。一阵微风徐来，满池荷花摇摆，清新的荷香随风飘散，馥郁的芬芳溢满整个水殿。细细闻来，这其中有一股香气暗暗浮动，那不正是花蕊夫人玉体的芳香吗？

绣帘微微打开了，那是蜀主孟昶轻轻撩起的吗？从绣帘开启的缝隙中，一线月光偷偷照了进来，仿佛天上的明月也在悄悄地窥视这位绝代美人呢，而美人由于叙歆枕衾而金钗微微滑落，如云的秀发稍稍鬒坠，风鬟雾鬓，更显得俏丽可爱。

这么好的月色，怎么能浪费呢？风流蜀主携着花蕊夫人纤细的"素手"，缓缓走下楼来。夜已很深了，万籁无声，他们挽臂而行，比肩而立，于龙楼凤阁间玩赏这皎洁的月色，举首仰望浩瀚的苍穹，不时看见流星从银河划过。漏滴三更，月色转淡，位于北斗第五星玉衡之北的"玉绳"两星也偏低了，他们还在喁喁絮语、情意绵绵。双双情影映入

荷塘，与荷塘月色融在了一起。他们在盘算什么？啊，是在屈指计算着凉爽的秋天何时才会到来，西风何时吹过？不会太远了，每个春夏秋冬不都是在不知不觉中悄然而来，又悄然而去吗？一年又一年，竟这般无奈、如花美眷、似水流年，韶光就在这季节的转换中不知不觉地暗暗流逝了。流年易逝，朱颜难惜。一丝愁怨悄然爬上佳人的眉间。她更紧地靠在蜀主怀中。借着月光，四目相对，默默无言，无限惆怅，万般柔情在胸中漾起。孟昶深情地望着自己的宠妃，轻抚她如玉的肌肤，凝视着花蕊夫人眼中的那弯明月。良久，把目光转向随微风轻轻荡漾的荷塘，轻轻吟道："冰肌玉骨，自冰凉无汗……"

老尼如痴如醉地讲，苏轼听得入了神，他回味着孟昶的词句"冰肌玉骨……"，眼前仿佛出现了一片荷塘，岸边花蕊夫人钗横鬓乱的旖旎之态，深深印在他心中。

四十年过去了，已是四十七岁的苏轼独坐窗前，回首往事如烟。少年时邂逅的一位美人却久久不忘，这件事已很久没有对人提起了。她那美态曾使少年苏轼痴迷，他曾想，如果自己是蜀主该多好，那美人一定就是那花蕊夫人。孟昶为花蕊夫人写的那首词已记不清了，而老尼所描述的情景呈现在眼前，苏轼走到窗前，轻声吟咏：

冰肌玉骨，自清凉无汗。水殿风来暗香满。绣帘开，一点明月窥人，人未寝，敧枕钗横鬓乱。

起来携素手，庭户无声，时见疏星渡河汉。试问夜如何？夜已三更，金波淡、玉绳低转。但屈指西风几时来？又不道流年暗中偷换。

词人在词前加了一小序曰："余七岁时，见眉山老尼，姓朱，忘其名，年九十岁。自言：'尝随其师入蜀主孟昶宫中。一日大热，蜀主与花蕊夫人夜起，避暑摩诃池上，作一词。'朱具能记之，今四十年，朱已死久矣，人无知此词者。但记其首两句。暇日寻味，岂《洞仙歌令》乎？乃为足之。"

其实，词人是用这个历史故事的点染写出了自己的一个美好而难忘的秘密。怪不得描绘得这样情景交融、这样生机盎然，又这样动人心魄呢？

千里快哉风

苏轼生长在号称"百年无事"天下太平的北宋中叶,是我国历史上一位杰出的文学家,他写的词可以说是妇孺皆知了。可他的一生却是很坎坷的,这都是由于他的耿直性格和那些脍炙人口的词作造成的。

苏轼从小就特别关心社会人情和北宋王朝的政治措施,希望自己能继承范仲淹、欧阳修等人的事业,在政治上有所改革。但是由于他三十岁以前绝大部分时间是在书斋里度过的,对社会现实不了解,所以当王安石实行政治改革,推行打击豪强地主兼并土地的新法时,苏轼带头上书反对。元丰二年(公元1079年),苏轼因为作诗讽刺新法而被捕入狱,这就是北宋第一次大规模的文字狱,即著名的"乌台诗案"。

"乌台诗案"震动朝野上下,受牵连的人很多,一直拖到这一年的十二月二十九日才算结了案。在朝野众人的努力营救下，苏轼才得以出狱，他被贬到黄州做团练副使，长达五年的贬谪生活开始了。

当时的苏轼不仅"不得签署公事"，而且是"待罪"黄州，连行动的自由都要受到限制。诗人在险恶的条件下"杜门深居"以防言多有失。生活的孤独寂寞和政治抱负的不能实现使他非常苦闷。故友也都不再和他通信交往，疾病饥寒无人过问，唯有酒成了他排愁解闷的工具，也只有酒可以稍稍抚慰他"孤舟出没风浪"的复杂心情。

宋神宗元丰六年（公元1083年），苏轼被贬黄州已经整整三年了。这时，他的好友张怀民（字偓佺）也被贬来到黄州。相同的处境一下子使两人的友谊更深了。他们经常互相拜访，谈词论赋，两人的友情为贬谪生活增添了几分情致。

这一年六月，张怀民在江边建造了一座小亭。亭子完工之时，张怀民重新彩绘窗棂，精心准备一番，邀请苏轼登临，并为新亭命名。黄昏时分，夕阳把金辉洒满江面。苏轼站在亭中，卷起绣帘，向远处眺望，被江中美景深深吸引，心潮起伏。

只见远方一轮夕阳把群山镀上金边，把江水染成了金色，亭下，江水、天空浑为一色，"上下天光，一碧万顷"，词人心胸豁然开朗，创作激情在胸中涌动。他不由想起：昔日登临平山堂所观之胜景不是与此景有异曲同工之妙吗？何况这亭正好选在江边而建，登上亭来，举目而望，大江之汹涌,风云之开合,舟楫之出没,鱼龙之悲啸尽收于心。观者"欹枕"江南胜景,悠闲自在,好不畅快。故忙拉过张偓佺,大喊:"快哉?快哉!此亭何不就叫'快哉亭'?"张偓佺大喜:"好一个'快哉亭'!唯吾闲人亦得如此之快!"

两人并立于快哉亭上,开怀畅饮。亭下大江水面开阔、平静。江水澄清如镜,平展、净洁,碧绿的山峰倒映其中,山光水色,融为一体,令人销魂。昔日奔放浩荡的江水,今日竟如此恬静,像温柔的少女,面似桃花,娇口含笑,静静不语之态,真使观者不忍转目。词人的心也随之沉静下来,被这安静和谐之美深深吸引。

然而,大江之上,气象万千,往往是"朝晖夕阴",变化无常。一阵风起,大江一扫刚才风平浪静的娇柔之态,挥舞起钢筋铁臂,一时间浪涛翻滚,汹涌澎湃。巨浪中,突然出现一叶小舟顽强地与浪涛搏击,它在浪间挺进,飞驶向前。那驾舟人竟是一位白发老人。只见那老人雄健的身姿,巍然立于船头,从容不迫地驾驶着扁舟,迎接着大风大浪的打击。老人的白发随着小舟在浪尖上时起时伏。词人看到这里,再也按捺不住激动的心情,把杯中之酒一饮而尽,大发感慨:"兰台公子"怎么能与这白发老翁相比!

老人与小舟随波远去了,波涛仍在翻滚。苏轼不由想起春秋战国时期楚国的大文学家宋玉的《风赋》。在这篇文章中,作家为了歌颂楚王,把风分成"雌风"和"雄风",宋玉以为楚王独得雄风,故快乐,庶人百姓所得的不过是雌风而已。这是何等荒谬!楚王自有忧,庶人自有乐,这与风有什么相干呢?这不过是人境遇的变化所致。人生在世,如果总是因外物影响而伤性,心中无自得之乐,那么,不管身处何处都不可能摆脱愁怨。"使其中坦然,不以物伤性,将何适而非快?"张君能不以贬谪为患,寄情山水之间,濯长江之清流,挹西山之白云,穷耳目之胜以自适,其中过人之处可见矣。想想自己与张偓佺相似的境遇,看看眼前的景色,他昂首吟道:"一点浩然气,千里快哉风。"张君在旁连叫:"好句子!好个'浩然气''快哉风',仁兄可还有下文?"苏轼眼睛一亮,大叫:"快拿纸墨来!"书童忙端上纸砚,苏轼挥笔落墨:

落日绣帘卷,亭下水连空。知君为我新作,窗户湿青红。长记平山堂上,欹枕江南烟雨,杳杳没孤鸿。认得醉翁语,山色有无中。

一千顷,都镜净,倒碧峰。忽然浪起,掀舞一叶白头翁。堪笑兰台公子,未解庄生天籁,刚道有雌雄。一点浩然气,千里快哉风。

这便是苏轼词清旷与豪放风格有机结合的名作《水调歌头·黄州快哉亭赠张偓佺》。

伤高怀远几时穷

伤高怀远几时穷？无物似情浓。离愁正引千丝乱，更东陌、飞絮蒙蒙。嘶骑渐遥，征尘不断，何处认郎踪。

双鸳池沼水溶溶，南北小桡通。梯横画阁黄昏后，又还是、斜月帘栊。沉恨细思，不如桃杏，犹解嫁东风。

这是宋代词人张先写的一首《一丛花令》。全词的内容是说一个女子在她的情人离别以后，独居闺阁，无限相思和愁恨，如飞絮不绝，还不如桃杏，犹可嫁东风，一起飞去。形象地再现了该女子在寂寞的生活中自惜自怜、自怨自艾，珍重青春，向往幸福的细微、深刻的心理活动。

张先之所以能写出这种艳词，不仅来源于他对生活的观察，还来源于他自己的亲身体验。

面对此词，不难让人想起张先作此词的一段故事。张先一生才华横溢，佳词连篇，性格自然洒脱，在诗词酒交欢之中尽情享受人生的乐趣；凡是现实社会允许的，他都毫无顾忌地去大胆实践。特别是在他的晚年，独居杭州时，每天除了泛舟西湖、娱情山水外，经常与歌妓为伴，在情趣艳浓之时为歌妓作词。不少年轻貌美歌妓，围绕张先周围。其中一名叫龙靓的歌妓，才气超群，不仅写一手好诗，而且长得也十分漂亮，眉清目秀，圆脸朱唇，性格稳庄心细。她早知张先的大名，又知道有不少歌妓同他交往，并每次他都为之写词。但她由于自己的身世不佳，虽然也曾与张先交往几次，但她从未要求张先为之填词。久而久之，她为得不到张先的词作而忧愁。一天晚上，她独守阁房，眼望窗外的天空，见星斗运转，月光流动，不由愁从心来，信笔写下了这样一首诗："天与群芳千样葩，独无颜色不堪夸。牡丹芍药人题遍，自分身如鼓子花。"尔后寄给了张先，张先读之拍案叫绝，称龙靓为一代才女。尽管诗中充满独愁、自卑之情，但其才气跃然纸上。张先激动得一夜无眠，激动之时，铺纸挥笔为龙靓写下《望江南》词：

　　青楼宴，靓女荐瑶杯。一曲白云江月满，际天拖练夜潮来，人物误瑶台。

　　醺醺酒，拂拂上双腮。媚脸已非朱淡粉，香红全胜雪笼梅，标格外尘埃。

张先此时词兴大发，笔如蛇走，一气呵成。写完后，反复吟咏，激动不已。第二天一大早，衣冠未整，匆匆将此作寄与龙靓。此后，张先与龙靓关系更为密切，交往甚多。一段时间之后毕竟情似浮云，此二人不能长久同居。张先深感《望江南》未尽全意，又写下了前面这首名垂千古的佳篇《一丛花令》。

死前吟柳词

北宋初年,柳永之词就显赫于世,并横跨太宗、真宗、仁宗三朝。其词内容广泛,题材多样,思想复杂,风格各异,雅艳交错,粗俗并举,为世间各阶层所仰慕。就是出家的和尚也有为之倾倒的。

当年在邢州开元寺有位名叫法明的和尚,他能文会武,目中无人,加之性格放荡不羁,喜欢饮酒猜赌。寺中众和尚对之都看不上。但有一样,大家都非常佩服他,因为他能熟咏柳永之词。特别是当他喝至酩酊大醉之时,能脱口咏出柳永的词作。有一次,乡人请他喝酒,他高兴极了,放下寺中的所有事务,不问路途坎坷遥远,欣然随乡人前往。到家后,乡人早已令人备好酒菜,让法明就座,两人就喝了起来。法明不拘礼节,只顾自己畅饮,不管主人如何,自己把起酒罐,一碗接一碗地喝了起来。主人妻子怕他喝醉,叫出丈夫劝之说,喝得太多了,别把身子喝坏了。丈夫说:"你

别管，我们请人家来，为何不让他尽兴呢？"妻子见丈夫如此态度，只好作罢。

法明和尚一直喝到了深夜，酒气冲天，词兴大发，顺口吟咏柳永的《鹤冲天》词中"忍把浮名，换了浅斟低唱"等句，尔后昏然睡去。

就这样，他度过了几十年的光景。当他老了，身体多病之时，还是不断吟咏柳词。柳词可谓是法明和尚生活的精神支柱。一天晚上，他一觉醒来，招呼众僧前来，庄重地对大家说："我已老矣，身体多病，恐怕活不过明天了，请你们早做准备。"众僧听之，都很惊异。但又想不出什么语言来对答，只是随便安慰几句又都各自散去。

第二天早上，法明正襟危坐，一声不吭，等待众僧前来。当众僧全部到齐时，法明和尚从容地对大家说："昨晚的话都是真的，看来我马上就得走了。在走之前，我要涅槃，并留下几句词给你们，你们一定要牢牢记住。"众僧惊诧不已，彼此相视无语，只是洗耳恭听，这时法明说道："平生醉里颠蹶，醉里却有分别。今宵酒醒何处，杨柳岸，晓风残月。"说完，盘腿打坐而死。这几句词，仍是出自柳永的词作。

千古江山令人愁

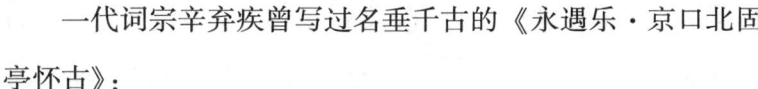

一代词宗辛弃疾曾写过名垂千古的《永遇乐·京口北固亭怀古》：

> 千古江山，英雄无觅，孙仲谋处。舞榭歌台，风流总被，雨打风吹去。斜阳草树，寻常巷陌，人道寄奴曾住。想当年，金戈铁马，气吞万里如虎。
>
> 元嘉草草，封狼居胥，赢得仓皇北顾。四十三年，望中犹记，烽火扬州路。可堪回首，佛狸祠下，一片神鸦社鼓。凭谁问，廉颇老矣，尚能饭否。

此词可谓是历史英雄的赞歌，作者爱国雄心的抒发，南征北战的回忆，老当益壮胸襟的再现。面对此词，有谁会忘记辛弃疾铁马生涯的军戎生活？

辛弃疾生活在南宋兵荒马乱之年，他的童年时代，金兵

南侵,硝烟弥漫祖国的大江南北。青年的辛弃疾开始了爱国救民的举措。二十三岁起他从山东起义南来,怀着满腔热忱,在南方战斗生活了四十三年。起初遭到投降派的打击,后又受主战派的贬斥,他那想施展雄才大略、为恢复大业出力的愿望始终未能实现,措施逐一付诸东流。为了宣泄积聚在胸中多年的悲愤,他登上镇江的北固亭,但见东流滚滚的长江,遂写下了这首怀才不遇、壮志难酬的词作。那时他已是六十几岁的老人了。

辛弃疾不仅是政治家、军事帅才,还是一位词人,他虚心好学,不耻下问,对自己的创作有极高的要求。他的诚实、谦虚待人,在词坛上传为佳话。就在写完这首词后不久,便邀请来诸多诗家、词人、朋友做客,在酒席上叫歌妓把它唱给大家听,并虚心请各位提出修改意见。在座的朋友谁都知道他是一代词宗,谁有资格在他的大作中指三挑四呢,有的只是一片赞颂之词;有的人即使提出看法,也是无关大局的,语言含蓄委婉;其他人都默不作声。辛弃疾见此情景,于是又端起酒杯,站起来更谦虚地向大家说:"诸位,我请大家来,一是在一块儿热闹热闹,二是诚听诸位对此词的意见。没有半点谦虚之意,只是想把此词修改得更好,更能让人理解、接受、欣赏。如果我听不到诸位的高见,那就使这次宴请失去一半的意义了。"岳飞的孙子岳珂当时也在场,见长辈如此真诚,就不避晚辈之嫌,坦率地提出自己的看法。他说："词写得气势磅礴，激动人心，只是典故用得太多，一般人很难看懂。"几句话，说得辛弃疾十分高兴，拍手称赞。随之举杯对众宾客说："岳珂一语破的，真是后生可畏呀！"

此故事不久就在京城流传开了，一直流传到今天。

雨中花色添憔悴

宋代，杭州吴山宝月寺名僧仲殊忽然自缢于寺院方丈内枇杷树下。一些轻薄子弟就把仲殊词"凤鞋湿透立多时，不言不语恹恹地"，改为"枇杷树下立多时，不言不语恹恹地"。

仲殊火化后，舍利不可胜数。邹忠公作诗吊仲殊：

逆行天莫测，雉作渎巾经。
沤灭风前质，莲开火后形。
钵盂残蜜自，炉篆冷烟清。
空有谁家曲，人间得细听。

杭州太守苏轼听到好友仲殊自缢的消息，不免摇首叹息。

为什么一个和尚的死竟引起这么多人的关注呢？因为仲

殊一生坎坷不平，经历奇特，而且擅长作诗填词。仲殊的一生是一段曲折离奇的故事，也是一段辛酸悲苦的故事。

仲殊，俗名张挥，原是一个读书人，矢志于仕途，参加了乡试，考上了进士。

仲殊中了进士，回到老家安州。他的妻子为他设宴洗尘接风，仲殊喝得酩酊大醉。却不料他妻子在酒菜中投了毒。原来他妻子在他外出时，与人私通，因而此番便想谋害仲殊。仲殊中毒后，多亏邻居解救，侥幸留得性命。他想到自己的结发妻子竟对自己下毒，万念俱灰，便削发为僧，先寄身于苏州承天寺。

仲殊性命虽存，但误食的毒药毒性仍存于体内，经常发作，无药可以根除毒疾；只是服了蜂蜜之后，药毒方可缓解些。时人不知底细，见仲殊每天食蜜，便给他取个诨名为"蜜殊"。

仲殊在苏州承天寺生活的几年中，除了烧香礼佛之外，就是作文、写诗、填词。

苏轼任杭州太守时，每日到西湖游玩。有一次苏轼带了几个歌妓来宝月寺拜见大通禅师，大通禅师怒形于色。苏轼倒也不以为意，反而作了一首《南柯子》：

师唱谁家曲？宗风嗣阿谁？借君拍板与门槌，我也逢场作戏、莫相疑。

溪女方偷眼，山僧莫眨眉。却愁弥勒下生迟，不见阿婆三五、少年时。

大通禅师怒气冲冲地送苏轼出寺。

仲殊在苏州听到了这首《南柯子》，便依韵和了一首：

解舞清平乐，如今说与谁？红炉片雪上钳锤，打就金毛狮子、也堪疑。

木女明开眼，泥人暗皱眉。蟠桃已是著花迟，不向春风一笑、待何时。

他托人转呈苏轼。

苏轼见了仲殊的词，极为赞赏，对人说："此僧胸中无一毫发事。"故与他交往，两人成为诗文知己。

仲殊在苏州承天寺住了几年，便搬到了杭州吴山宝月寺住，仍喜欢作些艳词，嘲戏人生。有人写诗劝谏他，他仍我行我素。

一次，仲殊来到杭州太守衙门，见到一个少妇手持文书，伫立雨中，似有事要告状。仲殊见到太守苏轼，苏轼就让仲殊以所见之事作一首词。仲殊想起那站在雨中的妇人，早已心有所感："这妇人冒雨投状，不惜抛头露面，也许是丈夫负情，另有新欢？唉，可笑我隐迹山林，还想着人间琐事凡情。我不就是被妇人投毒才到如此地步吗？可见女人都不是好东西。我是一名世外僧人，何必再想这些。"便放声大笑，以嘲笑态度作了一首词，来讽刺世事、讽刺女人。苏轼接词一看，只见纸上写道：

踏莎行

浓润侵衣，暗香飘砌，雨中花色添憔悴。凤鞋湿透立多时，不言不语恹恹地。

眉上新愁，手中文字，因何不倩鳞鸿寄？想伊只诉薄情人，官中谁管闲公事！

仲殊辞别苏轼，回到宝月寺，从此再也没有迈出寺门一步。

仲殊自缢后，他的词竟成了笑柄。其实，有几人理解仲殊的不幸？有几人明白仲殊的哀伤？死，才是他对一切的解脱！

应折柔条过千尺

周邦彦（公元1056年~公元1121年），字美成，自号清真居士，钱塘人。今存《片玉词》。

周邦彦从小就博览群书，精通音律。宋神宗的时候，周邦彦写了首七千字的《汴都赋》献给神宗，神宗看后非常高兴，才破格起用他，任命他做太学正。神宗死后，宋徽宗继位，再次提拔周邦彦，做秘书监、徽猷阁待制等官。宋徽宗工诗善画，也颇喜词，能辨词之三昧。他为了搜集、整理和审定古典乐曲，同时也希望能创作一些新调，而专门设立了大晟乐府。由于周邦彦善解音律，又能自己创造新曲，最重要的是他善于填词，所以被宋徽宗任命为大晟乐府的提举官。

宋徽宗很赏识周邦彦，周邦彦对皇帝也是忠心耿耿。在宋徽宗、周邦彦和汴京名妓李师师之间还有一段故事。

周邦彦被徽宗任命做大晟乐府提举官后，他那放荡不羁的性格不但没有改变，反而由于填词作曲的需要，和歌女接触得越来越多了，尤其和李师师交往甚密。

李师师不仅有如花似玉的相貌，而且多才多艺，琴棋书画诗无所不通，无所不晓。正因如此，她成为文人骚客争宠的目标，就连万乘之君徽宗对她也是怜爱备至。周邦彦自然也不例外。他不仅有文人的俊雅，又有武将的豪侠，很得李师师的倾心，两人只恨相见太晚。

这一日，周邦彦很早就来到李师师的房间，他们交谈了很长时间，还意犹未尽，大有彻夜长谈之意。

忽然，外面一片喧闹声。过了一会儿，有一男子之声："师师，朕来看你。"

一听此声，周邦彦和李师师都怔住了，他们知道这是当今圣上到了。如果圣上看见周邦彦坐在他心爱的人的房中，那后果不堪设想，可是现在周邦彦想出去也根本不可能了。脚步声越来越近，李师师急中生智，轻声对周邦彦说："美成，现在已经没有别的办法了，只好委屈你了，先躲到床下去吧。他没走之前你可千万不要动呀！"周邦彦望着师师，似乎想说：师师，既然我们真心相爱，为什么要躲躲藏藏，就因为他是圣上吗？可为了师师，周邦彦什么也没说，顺从地躲到床下。

刚把周邦彦安顿好，只见竹帘一挑，宋徽宗身着便服，兴致勃勃，款步而入，对师师道："师师，听见朕来看你，

为什么这么长时间还不出来呀,难道还要朕来请你不成?"

"噢,皇上,千万别这么说,我不知您现在来,已经卸妆。听见您的声音,就赶快起来梳妆,怕您笑话。"

"师师,朕怎么会笑话你呢,朕早就说过,你乃当朝西施,浓妆淡抹总相宜,不着妆,朕就更喜欢你了。"

"师师,你知道朕今天给你带什么好吃的了吗?"一边说,徽宗一边把手插进兜里。

"四海之内皆为王土,四海之物皆为王物。这么多种东西,我怎么能猜得到呢?皇上,还是请您赶紧拿给我吧!"

"那好,师师,把手伸出来,眼闭上,等我数到三,你再睁开。好,一、二、三……睁开吧。"

师师微睁双目,只见徽宗往自己手中放了一个新鲜的大橙子。

"师师,这是江南新进贡的。朕知道你最爱吃橙子了,就选了一个最好的特意给你送来,快吃吧,来,朕为你剥。"

李师师和宋徽宗一边吃橙子,一边叙情话,好不自在,只苦了床下的周邦彦。他想:"自己虽然身为大晟乐府的提举官,却不能为师师找来她爱吃的橙子;自己爱李师师,却因为圣上来了就要躲到床下。师师尽管想的是自己,却要强装欢笑,这是怎么回事呢?难道自己连所爱的人都保护不了吗?"周邦彦越想越难过,他真想走出来,对徽宗说,他爱师师,师师也爱他,请皇上以后不要再来找师师了。但是他不能这样做，他知道皇上也爱师师，而且皇上可以一道圣旨就让他永远也不能再见到师师。

皇上走后，周邦彦从床下爬出来，什么也没说，就回去了。第二天，周邦彦病了，师师来看他。周邦彦递给她一首他新填的词《少年游》：

并刀如水，吴盐胜雪，纤指破新橙。锦幄初温，兽烟不断，相对坐调笙。

低声问：向谁行宿，城上已三更。马滑霜浓，不如休去，直是少人行。

两个人相对无言。

过了几天，宋徽宗宣李师师进宫，一见到师师，徽宗分外高兴，忙问："师师，这几天有没有新词啊？"

"新词？有一首，只怕皇上听后不高兴。"

"但唱无妨。"

师师为徽宗唱了周邦彦新填的《少年游》。

宋徽宗越听越不对劲，问师师词是谁填的，李师师不敢也不愿欺骗皇上，如实作答。

徽宗恍然大悟，原来师师爱的是周邦彦而不是自己，自己虽然是万人之主，却得不到师师的爱；自己尽管有三千粉黛，却无一人如师师这样使自己动心。

徽宗看着师师,越看越爱,可一想到现在师师心里想的是周邦彦,就又生气,爱与恨交织在一起。徽宗无奈,只对师师说:"朕有些头痛,你先去吧!"

周邦彦成了宋徽宗的一块心病。两天后,他找了个借口,把周邦彦逐出京城,以为这样就可使李师师回心转意。

贬了周邦彦,去了心头恨,徽宗又来到李师师处。可令他更加生气的是:李师师不在家,她去送周邦彦了。徽宗没有料到他逐走周邦彦后,却连李师师也见不到了。一种无名的惆怅代替了逐走周邦彦后的喜悦。

等了很久,李师师才回来,脸上还带着泪珠,这使得宋徽宗更加生气了,大声地对师师嚷道:

"朕问你,你到哪里去了?"

李师师还是第一次看到宋徽宗对自己发这么大的脾气。她看着徽宗,毫无惧意,只轻声道:"妾知道皇上把周邦彦逐出京城,我去送他了。"

看到李师师的样子,宋徽宗心里反而升起爱怜之意,刚才的怒气全消了。

"师师,你坐下吧。你去送周邦彦,他又写新词给你了吧!"

"他写了首《兰陵王》。"

正说着,丫鬟送上几道菜,李师师亲自给宋徽宗倒上一杯酒,说:"皇上,我敬皇上一杯,祝皇上长寿。"

看着师师妩媚可爱的样子，宋徽宗深悔刚才对师师发脾气，就对师师道："你把周邦彦的新词唱给朕听吧。"

师师面对着宋徽宗，想着与美成的依依惜别，微启朱唇，唱起那首使她心碎的《兰陵王》：

柳阴直，烟里丝丝弄碧。隋堤上、曾见几番，拂水飘绵送行色。登临望故国，谁识京华倦客？长亭路，年去岁来，应折柔条过千尺。

闲寻旧踪迹，又酒趁哀弦，灯照离席。梨花榆火催寒食。愁一箭风快，半篙波暖，回头迢递便数驿，望人在天北。

凄恻，恨堆积！渐别浦萦回，津堠岑寂，斜阳冉冉春无极。念月榭携手，露桥闻笛。沉思前事，似梦里，泪暗滴。

歌未唱完，李师师已泪流满面。看着师师痛苦的样子，宋徽宗知道，想逐出周邦彦让李师师回心转意是根本不可能了。他想，把周邦彦逐出京城这件事到底对不对呢？

不久，宋徽宗下了一道圣旨，把周邦彦重新调进京中，并提升他做了大晟乐府的乐正。

敛余红、犹恋孤城阑角

周邦彦一生中有很多轶事被人传诵。其中最有特点、流传最广的是关于他梦中填词一事。词牌名为《瑞鹤仙》。

周邦彦久居杭州，晚年到南京（今河南商丘等地）任鸿庆宫提举官之职。

就任途中，经过睦州，他夜宿在一个大客栈中。因为走了一天，周邦彦觉得浑身无力，吃完饭就躺下了，昏昏沉沉地睡去……

忽然，周邦彦感觉到自己在杭州的书房里，站在窗前，望着窗外一条夕阳下长长延伸的小路，周邦彦一时来了灵感，吟道：

悄郊原带郭。行路永，客去车尘漠漠。斜阳映山落。敛余红、犹恋孤城阑角。凌波步弱，过短亭、何用素约。有流莺劝我，重解绣鞍，缓引春酌。

不记归时早暮，上马谁扶，醒眠朱阁。惊飙动幕。扶残醉，绕红药。叹西园、已是花深无地，东风何事又恶？任流光过却。犹喜洞天自乐。

"老爷，醒醒，醒醒。"

周邦彦睁开眼睛，发现自己正躺在床上，一位老仆正在叫醒自己。

"老爷，今日走的路太长了，您累了，刚才说梦话，我只好叫您。"

"说梦话，噢，我刚才是做了一梦，梦见我在杭州书房里，还填了一首词，这首词为《瑞鹤仙》，内容我还记得，准备笔墨，待我写来。"

周邦彦把梦中所得之词录在纸上，反复吟咏，再三推敲，也不能明白自己梦中所得之词是什么意思。

"老爷，已是三更了，请您赶快休息吧，明天还要赶路呢。"

"知道了，你下去吧。"

带着疑问，周邦彦又躺下了。

第二天，主仆几人继续往南京方向走，希望能赶快到任上。

没走多远，周邦彦就听说方腊在青溪起义了。一听到这个消息，周邦彦大吃一惊，想自己一家老小均尚在杭州，现今方

腊起义地点离杭州甚近,万一一家老小出点事,自己还到南京干什么去呢?还不如先回去把全家都迁出来,好一同去南京。想到这里,周邦彦马上吩咐准备回杭州。

而这时,方腊起义的规模已经很大了,周围响应者云集。

周邦彦回杭州的一路上,多次受到起义军的干扰。兵戈四起,真可谓是九死一生,才回到杭州。

还没进入钱塘门,周邦彦就发现城中人扶老携幼,纷纷外逃。见到此景,周邦彦心里凉了半截,想自己已经无家可回了,也不知道自己全家到哪里去了。周邦彦抬起头来,只见巨大的血红的落日,悬挂在鼓楼的房檐上,似乎是想让周邦彦把自己孤独一人、无家可还的事实看得更清楚些。

看到眼前的落日,周邦彦突然想起自己梦中所得之词。这些情景不正是词中所述"斜阳映山落。敛余红、犹恋孤城阑角"吗?

此时的周邦彦真是无路可走,老家旧居是回不去了,更严重的是城中一片大乱,连吃饭的地方都没有了。忽然,周邦彦听见有人叫自己:"待制,要到哪里去?"

周邦彦回头一看,只见一人正站在自己身后。这人不是别人,正是和自己非常要好的一位老乡。看到老乡,周邦彦高兴得连话都说不出来了。

那人见到周邦彦这般反应,心里已经明白了大半,就不等周邦彦说话，连忙道："待制，现在太阳已经偏西了，您一路劳累，还没有吃饭吧？城中尚有一个酒家没有关门，我陪您一起去喝杯酒，也给您压压惊。"

周邦彦听到这句话，备受感动。想想自己目前的处境，已无他法可想，只好如此了。于是就跟着他走进一家酒店。

惊魂未定，已是数杯酒下肚。待吃完了饭，那人拱手告辞道："待制，小人还有事，先走一步，就此告别。"

这时，周邦彦吃饱了饭，精神也好多了。想到老乡的热情相帮，正如梦中词所说的那样："凌波步弱，过短亭、何用素约。有流莺劝我，重解绣鞍，缓引春酌。"

由于当时没注意，酒喝得太猛了，周邦彦微微感到有些醉意。城里很乱，他不便在城中久留，缓步走出城门。

城里的人纷纷往城外跑，使得长江北岸的寺庙，住满了逃难的男男女女。找了半天，周邦彦主仆也没找到安息的地点，只好派仆人一面打听全家老小的下落，一方面到离城远一点的地方寻找住的地方。

过了很长时间，派去找住地的仆人回来了。他面带喜色，告诉周邦彦前面有一个小庙，庙里的藏经阁还空着。周邦彦无奈，只好到庙里，只见庙里满是尘土，可知已久无人来了。周邦彦满腹心事，爬上藏经阁，在里面躺下，翻来覆去，不能入睡，直到天微亮，才迷迷糊糊地睡了一觉。

一声鸡鸣把周邦彦叫醒，想到自己目前悲惨的处境，正

是:"上马谁扶,醒眠朱阁。"此句又和梦中词相符了,周邦彦心里不禁又暗暗吃惊。

一时间,形势急剧变化,方腊起义势不可当,两浙一带已经全都被方腊起义军占领了。老百姓继续往各处逃难。周邦彦没办法,也只好过了长江,到扬州住下。其间也发生了使周邦彦能够高兴一点的事,那就是,周邦彦与一家老小在扬州不期而遇,一家人见面,可谓百感交集。

后来,周邦彦又听说,方腊认为自己既然已经夺得两浙,那就应该及时攻淮河、泗水,以期得到更大发展。

此时,周邦彦的处境是难上加难,再也想不出有什么地方可去了。

无奈,周邦彦想到了南京,自己现在是提举南京鸿庆宫。南京还没有被方腊起义军占领,那就应该还有地方住,又何必在这里整日提心吊胆地过日子呢?

于是,周邦彦一行踏上了去南京的路。这正是梦中词所言:"叹西园、已是花深无地,东风何事又恶?"

尽管周邦彦到了南京,但他还是担心家人的安危,担心国家的命运,这使得他整日忧心忡忡,身体一日不如一日,最后终于在满腹心事中去世。

周邦彦走完了他流离颠沛的一生,几多忧虑,几多失落。这也正应验了梦中词的最后一句:"任流光过却。犹喜洞天自乐。"

且插梅花醉洛阳

北宋末年，尽管北方边境战事不断，金兵不断南侵，夺走不少宋朝的疆土，但在京城，却仍是一片繁华景象，歌舞升平，皇帝整日沉浸于醉生梦死之间，以求得暂时的精神上的解脱。

因此，他需要大量的文人雅士，为他填词作赋。大量的文人迎合了这种趋势，纷纷从各地来到京城。做官享乐，也就成为当时的一种社会时尚。

朱敦儒此时虽身为平民，却在朝野内外声望逼人。说起朱敦儒，他的身世还有点传奇色彩。

朱敦儒（公元1081年~公元1159年），字希真，号岩壑老人，洛阳人。朱敦儒的父亲曾在哲宗绍圣年间做过谏官，他从小生活在一种优越的家庭环境中。在朱敦儒成年之时，正赶上北宋王朝回光返照时期，社会表面上一派虚假太平，实则是畸形的繁荣，朝野上下，吃喝玩乐之风盛极一

时。朱敦儒生活在这种环境中,多少受其影响,但他却能有别于其他纨绔子弟,他很喜欢读书填词。

绍兴三年,朱敦儒以荐补右迪功郎。绍兴五年,被皇帝赐进士出身,尔后又做过秘书省正字、兵部郎中等职,最后被调任两浙东路提点刑狱。中年时,朱敦儒愈加注重学问、砥砺自身品行,被人们誉为"志行高洁"之士。

朱敦儒的声名在外,他的朋友们便极力劝他离开洛阳,到京都以诗词谋个一官半职。而北宋朝廷呢,也早已听说过朱敦儒的大名。此时也召他进京,任命他为学官。

但朱敦儒却不为所动,一口回绝了朋友们好心的劝告,对皇帝他只说自己久居乡间,不懂得朝纲国事,不能担此重任。

诸人见他如此不合潮流,都很不解,纷纷前来劝慰。

这一日,又有一位挚友远道而来,问他如此清高、如此淡泊功名,到底是因为什么。朱敦儒淡淡地一笑,什么话也没说,走到书桌前,取出一卷纸,递给这位朋友。

朋友接过纸,更为不解,漠然地望着朱敦儒。

"你打开看看吧。"

朋友打开纸,只见上面写着:

鹧鸪天

我是清都山水郎,天教分付与疏狂。曾批给雨支风券,累上留云借月章。

诗万首,酒千觞,几曾着眼看侯王。玉楼金阙慵归去,且插梅花醉洛阳。

朋友读后,深为朱敦儒的高洁所打动。从此,朱敦儒的"麋鹿之性,自乐闲旷,爵非所愿也"在儒林之中被广为传诵。

"靖康之难"后,京城失守,皇室南逃。朝官、名流、文士也纷纷南迁,城门失火,殃及池鱼,朱敦儒再也无法在洛阳住下去了,他随后迁到了金陵。此时,宋高宗正在临安筹建南宋小朝廷,大肆招揽人才。

于是,又有人向高宗推荐朱敦儒。这时候的朱敦儒尽管流落他乡,生活动荡不安,却依然还是想做"清都山水郎",执意不入朝为官。怕因为违旨获罪,朱敦儒又带领全家从金陵沿长江而下,再经江西南下,跑到广东南雄去避难了。

但朱敦儒也真可谓是官运缠身,高宗绍兴二年,又有人向皇帝推荐他,说他是一个"文武全才",而且是"深达治体,有经世之才"。这样一个人对于刚刚建立起的南宋朝廷来讲是非常需要的。

高宗再次降旨到广东,召朱敦儒入朝。朱敦儒还是坚持自己的初衷,不予理睬。

高宗愤怒了，他要看看这个朱敦儒是一个什么样的人，竟如此大胆，抗旨不遵。

高宗正式下诏，这次连同任命朱敦儒做迪功郎都写上了，要他立刻上任。

朱敦儒第三次拒绝上任，并对来人讲自己只愿与山水为伴，不想与朝官为伍。

三次降旨，三次不接，高宗倒更喜爱朱敦儒了。这次，他不再直接催朱敦儒，而是命肇庆长官督促朱敦儒即刻动身到临安。

此时的朱敦儒也被高宗的爱才之心深深打动，想想自己也该为国事出些力了，于是他动身到临安，从此开始了他的仕途生活。

斗酒彘肩， 风雨渡江

刘过是南宋一位名士，为人豪放不羁，特别喜欢喝酒。他诗词歌赋无所不精，尤其擅长模仿他人之作。

他年轻的时候，正值金兵大举南犯，南宋小朝廷崩溃，岌岌可危。眼见国家处于危难之中，朝纲又日渐腐败，刘过真希望将自己的一腔热血喷洒在杀敌战场上。

他上书皇帝和宰相，力陈抗敌之计，可他哪里知道昏君奸臣只求得过一日且过一日，根本就没有收复国土之心。

刘过见自己不能上战场杀敌，又不愿在朝中与奸臣为伍，就一气之下，辞官还乡。

刘过浪迹于江湖，每日与名士一起填词作赋，自称是魏晋年间的人物，也是别有一番情调。不想，有一次和辛弃疾不期而遇。两人一见如故，这时辛弃疾也已被谪为民，两个人常来常往，互以诗词答赠。

嘉泰癸亥年间，刘过住在中都，辛弃疾复官，在吴越任职。这样,两位老友就不能像原来那样日日相见了。

久不见面,两人相互思念。

过了几个月,辛弃疾派了一个人到中都,邀刘过来吴越一聚。

当时,正赶上刘过有要事缠身,不能立刻来吴越,可是他对辛弃疾也是极为思念。于是就模仿辛弃疾的词体,填了一首《沁园春》,让人带给辛弃疾。

辛弃疾正满怀希望地等着刘过的到来,可是只等来一封信,辛弃疾心中颇为不快。等到看完了刘过填的词,他心中才略感宽慰。只见词中写道:

沁园春

风雪中欲诣稼轩,久寓湖上,未能一往,因赋此词以自解。

斗酒彘肩,风雨渡江,岂不快哉!被香山居士,约林和靖,与坡仙老,驾勒吾回。坡谓西湖,正如西子,淡抹浓妆临镜台。二公者,皆掉头不顾,只管衔杯。

白云天竺去来,图画里、峥嵘楼观开。爱东西双涧,纵横水绕;两峰南北,高下云堆。逋曰不然,暗香浮动,争似孤山先探梅。须晴去,访稼轩未晚,且此徘徊。

见词如见人。看到刘过的词,辛弃疾仿佛看见乐观豁达的刘过提着酒、背着肉正准备要来,却被不约而至的白居易、林逋和苏东坡拉住手脚,脱身不得。只好等他们走了再起程。可不知他们远道而来,又要等到什么时候才走。辛弃疾越看这古人与今人、死人与活人的大会合之词,越觉得妙趣横生,越看越喜欢,越看越想见到刘过。于是,又派人去请刘过,这次向派去的人交代好,不管刘过有多么重要的事,也要把他请来。

刘过见辛弃疾如此心切,也就如约而来。两个人终日相聚,饮酒长谈,大有"同声相应,同气相求"之乐。

这一天,两个人酒兴正浓,忽然想起应该把岳飞之孙岳珂也请来。

不日,岳珂到来。

岳珂尽管也如祖父,从小习武,但他工诗文,并且自成一格。辛弃疾拿出刘过的《沁园春》交给岳珂。

"侍郎,觉得此词填得如何?"

岳珂认真地看起来,边看边不住地点头:"好词,此词颇得稼轩词之精华,但又绝非稼轩之作。"

"请侍郎细细说来。"

"这首词可谓神来之思,但比稼轩词略觉粗糙,也不失是一首好词。"

"侍郎好眼力。"刘过道。

"不知此词为何人所作？"

"正是侍郎面前之人。"辛弃疾一推刘过。

"你可真是名副其实的魏晋年间之人了。"岳珂笑道。

"侍郎此话怎讲？"

"你与稼轩竟站到古之三大圣贤中去了，这可真是白日见鬼。"

刘过和辛弃疾听到岳珂这样说，都不禁笑了起来。

岳珂笑了一会儿，又接着道："稼轩，我有一句话不知当讲不当讲？"

"侍郎，有话请讲。"

"稼轩，你这里应该准备些药了。"

众人没有明白岳珂的意思，面面相觑。

"'言为心声'，改之已经在词中与白居易、林逋、苏东坡站在一起了，这不是得了'白日见鬼症'了吗？所以我说你应该准备些良药，不然这病越来越厉害，可就不好办了。"

说完，岳珂自己先笑了起来。

刘过和辛弃疾也都明白了岳珂的意思，刘过道："知我者，岳珂也，侍郎真是评到了点子上。"

断桥横路梅枝亚

朱翌年轻时就聪颖好学,尤其喜欢填词作赋。但是在那个时代,要想出人头地,进入仕途,还是要学习"四书五经"。因为朱翌的父亲就朱翌这么一个儿子,所以对他管教很严,只令其学习子曰、诗云等儒家著作,而严格禁止他填词作赋;一旦发现,必对其施以严厉的责骂。但是,真可谓有心栽花花不开,无心插柳柳成荫,朱翌的父亲万万没有想到,他的做法,不但没有使朱翌沿着他的希望发展,而且使他越发喜爱填词作赋。

一日,朱翌父亲的老友朱希真到朱家来看望他。不巧,朱翌的父亲刚刚被皇上召进宫去。朱希真是朱翌父亲的好友,也无可避讳,就自行到朱家花园赏花;因为朱翌的父亲酷爱梅花,朱家的梅花也是数一数二的。刚走到花园门口,朱希真就发现地上有一页纸,怀着好奇心,拾起来,纸上用俊美的字写着一首词:

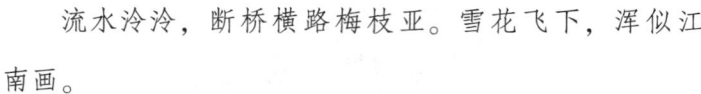

点绛唇

流水泠泠，断桥横路梅枝亚。雪花飞下，浑似江南画。

白璧青钱，欲买春无价。归来也，风吹平野，一点香随马。

读完，朱希真不禁拍手叫绝，赞叹不已，想自己也是词坛老手，可至今也未写出过一首能和眼前这首词相提并论的。只可惜不知此词为何人所作，这么好的词为什么忍心把它丢弃呢？朱希真越看越喜欢，想今天正是舒州词社的集会日，为什么不把这首词带去与大家共同分享呢？

等到朱希真赶到，词社里已经聚集了很多人，大家看到朱希真到来，都非常高兴。

只见社主缓缓站起来，道："现在正是西湖梅花盛开的季节。此次大家就各作一首题咏西湖梅的词。题咏西湖梅的词已经被填得很多，希望这次大家能写出一些有新意的词句。"

填首咏梅词，对于词社中的每一个人来讲，都不是一件难事。很快，大家都把自己填的词交到了社主手中。社主看完后，交给大家传看。

每个人都看了一遍后，社主才说："不知大家觉得如何？

窃以为此次填的词没有什么上乘之作，都流于泛泛。"

听到社主这句话，朱希真赶忙站起来，对社主说道："我刚才来晚了，是因为新得了一首好词，使我乐而忘还。现在我把它带来了，请社主和各位一阅。"

朱希真把刚才拾到的那首《点绛唇》双手递到社主手中。社主读后，不住地点头，并自言自语道："'白璧青钱，欲买春无价'，好词，好词！"社里的人读后也都点头称是，而且急于想知道这首词是哪位高手之作。朱希真赶忙以实相告。

众人越发不解，想这朱司农只读词而从不填词，想不到他一鸣惊人，竟填出这绝世之作。于是，大家一齐到朱家，想探个究竟。

这时，朱司农已经回来了。大家就把朱希真拾到的那首《点绛唇》交给他。

朱翌的父亲虽说任职于官场，但也是世代读书之家，精通翰墨，尤其对词颇具鉴赏力。看罢这首《点绛唇》，也不觉愕然。心想："自己读过不少题咏梅花的词，真要说自然大雅，不为雕琢之作，当首推这首了。可此词绝非自己所作，却在自家的花园中被拾到，不容怀疑定是家人所填，可又是谁呢？"

朱司农反复思考，不能得其源，没敢贸然回答客人们的询问，只客气地答应查询一下；如果查出词的作者，必尽快相告，众人听完悻悻地离开了朱家。

送走客人，朱司农把朱翌叫来。问他："我每日上朝，你在家里都干些什么？"

"遵从父亲的教诲，孩儿每日在家读些儒家经典。"朱翌说。

"我来问你，可知'白璧青钱，欲买春无价'这句，是谁所填？"

听到父亲问"白璧青钱，欲买春无价"，朱翌吓了一跳，他正在为丢失了新填的一首《点绛唇》而苦恼，万万没有想到父亲所问正是那首词中自己最得意的句子。

想到父亲平日对自己的教诲，朱翌心里暗暗害怕。可又一想，词既然已经被父亲拾到，也只有以实相告："父亲所言，正是孩儿近日所填《点绛唇》中的句子。"

听到这句话，朱司农惊得说不出话来，过了好一会儿，才道："你来看，可是这首词吗？"

朱翌怯怯地走到父亲的面前，接过父亲手中的词，一看，正是自己所填的那首《点绛唇》，心里更害怕了，想父亲定要骂自己一顿了，赶忙跪下。

原来，那天朱司农上朝之前告诉朱翌在家读书，可他对那些"四书五经"实在没有兴趣，就趁父亲不在家之际，偷偷地溜出书房，沿着西湖游玩。虽说现在是数九严冬，但美丽的西湖却是另一番景象。那里湖水清冽，银白之中隐着青绿,当时,朱翌的心情好极了。当他走到西湖断桥边的时候,突然发现一枝蜡梅伸到路中间,像是有意挡住他的去路,点点猩红,夺目耀眼,正是由此景,朱翌填了《点绛唇》词。

朱翌的父亲听完儿子的叙述,心里益发高兴,想儿子日后必能以文采闻名于世。

又搅碎一帘花影

宋朝政和初年的一天,丝竹之声从太常典乐徐伸家里传出来,街上人都知道这是徐伸打算宴请刚刚从开封府调来的新地方官李孝寿。李孝寿是当时有名的清官。

徐伸家里更是热闹异常,人来人往。

大厅里歌妓们已准备停当,徐伸来到她们面前,道:"都准备好了吗?"

"回大人,都准备好了。"

"好,我新填的《二郎神》词,你们要好好演唱,一遍接着一遍,不许停止,直到李大人询问时才可停。"

众人不解徐伸的意思,可也不敢多问,只好点头答应。

过了一会儿,李孝寿到来。双方分宾主落座,徐伸命掌灯开宴。

一时,燕乐声四起。众歌妓在丝竹的伴奏下一遍遍地唱主人写的《二郎神》词:

闷来弹鹊,又搅破、一帘花影。谩试著春衫,还思纤手,薰彻金炉烬冷,动是愁多如何向?但怪得、新来多病。想旧日沈腰,而今潘鬓,不堪临镜。

重省,别时泪滴,罗襟犹凝。料我为怢怢,日高慵起,长托春醒未醒。雁翼不来,马蹄轻驻,门闭一庭芳景。空伫立,尽日栏干倚遍,昼长人静。

李孝寿起先还沉浸在觥筹交错之中,没有理会歌妓们唱的是什么。一遍一遍地,老是同一支曲子,引起了他的注意,心想:"难道太常典乐家的歌妓就只会唱一支曲子不成?"便问众歌妓:"你们为什么只唱这一支曲子?"

众歌妓面面相觑,不知如何回答。

李孝寿见此更为不解。

此时,徐伸走上前来,满面愁容,对李孝寿道:"大人,请您原谅了,我让她们只唱《二郎神》是因为有一事要求您,不知当讲不当讲?"

"有话请讲。"

"告罪了。我原来曾有一个侍婢,色艺冠绝,只是因为我那亡妻不容她,在前年被逐而去,听说现在被苏州的一个兵官霸占了。她几次遣人送信来,想重新回到我的身边,现在我的妻子已经去世了,我想把她接回来。"徐伸顿了顿,

又接着道,"她现在的处境极为悲惨,大人刚才听到的《二郎神》词,其中所叙,多为她信中的话语,是我在感慨之中谱制而成的。也是她有福,遇上大人您。大人的权力恰好在那苏州兵官之上,不知大人是否愿意帮助那苦命之人。"说完,徐伸禁不住潸然泪下。

李孝寿本来就被那首《二郎神》深深打动了;现在又见主人热切相求,想到那兵官也确实是欺人太甚,自己刚到任上,正是一展权力的好机会;于是,当着众人的面应道:"徐大人,休要多虑,此事包在我身上。"

"那我这里先谢大人了。"徐伸一听李孝寿答应了,不胜感激,立即再为李孝寿上酒,并命歌妓不必再唱《二郎神》而改唱一些轻松愉快的曲子。

酒过三巡,菜过五味,李孝寿起身告辞,徐伸也不强留。只道:"拜托大人之事,让大人多多费心。"

"放心好了,既然我答应了,我就会马上办的。"

一回到府里,李孝寿便派人出去打探。不久,打探的人回来,报知那抢人的兵官乃是苏州的督监。

第二天,李孝寿以视察为名,亲自来到苏州。他下命令让大轿在距离苏州城十里的枫桥边停下来,不再进城。可新地方官来视察的消息已经传进了苏州城里。于是官吏上下,急匆匆地出城,往枫桥方向奔来,等他们赶到,李孝寿已等候多时了。

看到众人都已来到，李孝寿接过官吏名册，细细审阅点名。

点到督监的名字，那督监高声答应："在！"以显示自己的恭敬。

不料李孝寿却勃然大怒："督监之任，非同一般人等，其职在于守城，为何擅离职守跑到此地？"

"这……"督监一时语噎，不知如何回答是好。

"你擅自出城，倘若城中出现火灾、盗灾，岂非危矣！"接着命令左右道，"左右，把这擅离职守之人给我拿下，打入大牢。"手下人便将督监锁起，送到大牢。

又过了几天，督监失职获罪的供牍被送了来。李孝寿判了个"奏"字。

一听到督监获罪的消息，督监全家都来跪拜于堂上，恳求李孝寿宽恕督监的罪过，并且一边说一边哭。这个场面早在李孝寿的意料之中，他仰面大笑："你们不要在我这里哭了，先把霸占的徐典乐家的歌妓放了再来回话。"众人赶忙谢恩。

家人把这话告诉督监，督监明白了李孝寿的意思，立刻让家人送还徐伸的歌妓，并且赔礼道歉。

李孝寿得知这件事，他看目的已经达到，即刻派人放了督监。

更无一片花落

宋朝兵败南迁时,把朝中擅长填写应制词的人一同带到了临安。

尽管北方战事不断,但南宋小朝廷每日只是宴乐升平,不顾人民死活。这样也就给擅长填"侍宴"一类应制词的人以机会,使他们能尽显其才华,这些人中最突出的要数张抡了。

张抡深得皇帝的喜爱。他的词填得异常华艳。在当时国家岌岌可危的情形下,这些词给了皇帝暂时的心理上的安慰。所以只要皇帝有重大的活动,都要带上张抡。而张抡呢,不论参加什么活动,都能填出一首让皇帝满意的新词来。因为得到了圣上的喜爱,每次张抡除了得到赏赐,还有一项殊荣,就是皇帝必让人把他的词抄写在丝帛之上,挂在皇宫里,每每有空必一览之。

淳熙六年三月十五日这天,风和日丽,皇上一家要到西子湖踏青赏春，张抡得到了通知，就早早地来到西子湖畔，看着西湖美景，张抡不禁陶醉于其中。

皇帝是最富孝心的，他先把太上太后请到西湖聚景园，俯视西湖的全景。第二天，才让皇后坐车来到聚景园中，给太上太后请安，并且跟随太上太后欣赏西湖全貌。这时一家团聚，共同游览西子湖。

皇帝、皇后陪同太上太后游览完芳殿和瑶津，稍稍休息了一会儿以后，四人乘坐步辇继续前行。

只见湖边泛着新绿的柳枝随风舞动，小鸟在枝叶间吟唱，路边一朵朵野花争奇斗艳，望着眼前春色，众人心中更觉春意浓浓。

游览完了西子湖，众人意犹未尽，车马又折回瑶津西轩，这里早已准备好了御宴。众人按着长幼尊卑入席。一时间，美味珍馐，琼浆玉液，走马灯似的端上，热闹非凡。酒至第三盏的时候，皇帝离开自己的座位，亲自捧着白玉雕成的玉酒船，给太上太后进寿酒。太上太后看着皇儿手中捧着的装满酒的玉船，只见船上的小人随着酒的波动而来回活动，宛如活人一般，太上太后心里越发高兴，即刻命人从锦璧上取下大花三面漫坡牡丹，回赏给皇帝。

大家一见那牡丹，顿觉眼前一亮。张抡在座位上细赏牡丹。只见它有一千多根丝，每一根丝上都用牙牌金字标着名字。上面张着碧油绢幕，又有剪好的花样一千朵，安在花架

上。所有花架，都是水晶玻璃天青汝窑金瓶，摆在筵席中间的沉香桌上。牡丹大约有二尺高，二尺三寸宽，实属世间罕见之物。

筵席一直到黄昏时分还没有散去的意思。天色已晚，皇帝命人添酒回灯，仅照殿红就插上了十五支，耀眼透亮。随驾官人及内宫都高呼万岁，高歌两世明君。皇上见此越发高兴，赐给每人两面翠叶一副，滴金牡丹一枝，翠叶牡丹沉香柄金丝御书扇各一把。众人再次高呼"万岁，万岁，万万岁"，谢皇上龙恩。满席呈现出一派吉祥景象。皇帝令张抡填词一首。张抡不敢怠慢，急让人取来笔墨，于席边小桌上奋笔疾书，填《壶中天》一首，递与皇上。

皇上展开，只见上面写着：

壶中天

洞天深处，赏娇红，轻玉高张云幕。国艳天香相竞秀，琼蕊清花如昨。露洗妖妍，风传馥郁，云雨巫山约。

春浓似酒，玉云台榭楼阁。圣代治定功成，一尘不动，四境无鸣析。屡有丰年天助顺，基业增隆山岳。

两世明君，千秋万岁，永享升平乐。东皇呈瑞，更无一片花落。

皇上越看越高兴，似乎真的看到四境安宁、国泰民安的景象。立刻令人又格外赐给张抡金杯盘、法锦等物品，并赐给他御酒两杯。

筵席一直开到深夜，太上太后及皇帝、皇后等人重又登上御舟，进入西子湖的里湖，沿里湖出了断桥，来到珍珠园游览；一直游到申时，御舟在花光亭稍作停留，又到了会芳殿。这时，太上皇已经喝得大醉了，皇帝扶着太上皇上了御舟，出了里湖，乘轿返回宫中。

此时，临安城内灯火通明，人们都知道皇室之人游西子湖，因此都在街上等候，以便一览龙颜。城里人头攒动，赞叹圣孝，一时传为佳话。

张抡更是高兴，想自己今日又令皇上满意，美滋滋地抱着圣上所赐的金杯盘、法锦等物，回家了。

帘卷天街人顶载

南宋小朝廷有一个惯例,每年九月十五日,皇帝都要到太庙祭祀祖先,以求天下太平。这样的活动张抡每次都要参加,这一年张抡又早早地做好了准备。

可不知为什么,这年天公不作美,都九月十三日了,天还是阴雨绵绵,没有一点儿放晴的意思。眼见祭祀的日子就要到了,皇帝很是着急,张抡也很担心。

还有一人比皇帝更急,那就是朝中主管祭祀事情的大礼使赵雄。赵雄生性秉直,对皇帝更是忠心耿耿。看着天气阴雨连绵,赵雄心里不得安宁,祭日将至,他还是早早就把仪仗车马准备齐全;只等十五日,圣谕一下,别说是泥泞雨水,就是刀山火海也要护驾前去太庙祭祀祖先。

到了十四日晚上,雨还是不停地下。

皇上没有办法,便想乘步辇去太庙,一来可按时祭祀,二来省得那些仪仗车马拖泥带水不成样子,有碍皇室形象。

于是，连夜降旨赵雄，说今年因连雨天气，祭礼不必同往年，明早出宫可不用仪仗，不乘马车，只坐逍遥辇即可。

再说那大礼使赵雄，虽已接到皇帝连夜降到的圣旨，却有自己的另一番想法。他仍然不放散仪仗车马，并且让随驾官穿好祭礼时穿的礼服，等着和皇帝一同前往太庙祭祀祖先。他自己也整装待发。

消息传到皇上耳中，龙颜不禁大怒，立即宣赵雄进宫。

赵雄刚行过君臣礼，皇帝就道："见到朕的旨意没有？"

"回皇上，臣见到了。"

"见到了，为什么不按朕的旨意准备呢？"

"皇上，臣罪该万死，违旨不遵。可圣上出行，又怎么能没有仪仗车马呢？那将是小人的失职。"

皇上见赵雄如此，口气也就软了下来："今年情况与往年不同，朕不是已经说了吗？没有你的责任。"

"皇上圣明，诚心必会感动上天，以臣之见明早雨必停。"赵雄答。

"明日若雨不停，爱卿以何脸面来见朕？"皇上道。

"纵使天不晴，臣之罪不过罢官。但是臣在位一日，就要对圣上尽忠一日，不可放散仪仗车马，请圣上明察。"赵雄忙跪下。

皇帝见赵雄对自己如此忠诚，内心不免高兴："朕知道了，你且下去吧。"

赵雄满腹心事地走了。

时至五更天,有人来报:"回皇上,雨终于停了。"

这时,皇上正靠在龙床上发愁,一听此语,激动地跳起来。立即传旨大礼使赵雄:"准备好车马仪仗服装祭品,一早出行。"此时的赵雄更是激动不已。

张抡呢,他本来就一夜未眠,闻知此事,立即想到这乃是填词的最好素材。天晴雨止,岂不是天子之威所主?于是翻身下床,直奔几案,填下《临江仙》一首:

闻道彤庭森宝仗,霜风逐雨驱云。六龙扶辇下青冥,香随鸾扇远,日映赭袍明。

帘卷天街人顶戴,满城喜气氤氲。等闲散作八荒春,欲知天意好,昨夜月华新。

由于赵雄早把一切都准备好了,因此接到圣旨,就立刻把仪仗车马带了出来,皇帝一见此景,心里越发高兴。

等到祭祀仪式完毕,皇帝又把赵雄叫到面前:"爱卿,昨日朕命你解散车马,你对朕说'明早天必晴',今早天果然晴了,朕问你,你是怎么知道的?"

"回皇上,皇上每年都在九月十五日祭祖,诚心已感动上天,天又怎么会不晴呢?"赵雄不慌不忙地答道。

一听到赵雄这么说,皇上龙颜大喜,马上命令赏赐赵雄。

皇上又对其他人道:"今日之事,可有哪位爱卿填成一词,念与朕听?"

张抡马上站出来,给皇上念了自己填的《临江仙》。皇帝听罢大为欢喜,以为张抡的词比之赵雄的话更合心意,于是马上命人誊抄此《临江仙》于丝帛上,并且另行重赏张抡,从此对张抡更是另眼相看。

望中秀色仙都是

韩元吉在位吏部尚书时，经常到地方体察民情，惩治腐败。这样他也就听到了不少民间故事，其中有一则，颇具传奇色彩——

河南有一个县叫缙云县，这个地方可谓人杰地灵。县令名李长卿，为一名清官，膝下只有一女，名唤季蕚，字英华，聪明过人，气度不凡；且琴棋书画、各种女工无所不精，被父亲视为掌上明珠，倍加宠爱。不料天有不测风云，人有旦夕祸福，这季蕚年方二八，就一病不起，经多方调治，也不见好转，最后一命呜呼了。家里人痛哭不止，停尸城外的仙岩寺三峰阁。

季蕚尸首停放在仙岩寺三峰阁不久，一天，仙岩寺周围忽然浓烟滚滚，大火熊熊，还没等来救火，城厢及寺院已被烧得干干净净了。等救火的人赶到，惊奇地发现，仙岩寺的三峰阁却完好无缺，没有一点儿起过火的痕迹。众人很奇怪，可不能解释其原因。仙岩寺的寺院主簿认为这必是有神力暗中相帮，于是就把三峰阁当作了廨舍。

这一日，济南人王傅庆和表弟曹颖同上京城，路过此地，人困马乏，就请求寺院主簿借一落脚的地方，稍稍休息几日，再继续前往。主簿将曹颖安排在东厅住下，而王傅庆因有公务在身，继续前行。

曹颖收拾完毕，就早早上床了。迷迷糊糊间，曹颖发现东厅小窗被打开了，曹颖以为是自己在做梦，就努力睁大了双眼，发现小窗确实是被打开了，不是自己在做梦。曹颖心里异常害怕，忐忐忑忑地坐起来，走到窗前，想把窗子关上。

待走到窗前，曹颖被吓了一跳。只见窗外站着一个美貌女子，曹颖从没见过。且那女子满身异香芬馥，绝非世间所能嗅到的味道。

那女子冲曹颖一笑，曹颖心中的惧意已消减大半。问那女子道："小姐是哪里人氏，为何深夜孤身至此？"

"我乃是缙云县县令李长卿的女儿，名季萼，字英华。死后因不忍远离父母，就在此修身。"

"这里是小姐的地方，得罪了，我马上离开。"曹颖慌忙道。

"相公错了，你是人，我是鬼，我们本不同在，又怎说这地方是我的呢？"

一听这话，曹颖提起的心才放下，只听那女子接着道："我在此修身，因不吃五谷，所以练得身轻如羽，几乎和神仙相似。我知道相公远行，鳏身住在此地，所以小女特来相伴相慰。"说罢低下头。

曹颖闻言，将信将疑，但见那女子绝无歹意，不忍心她久站窗外，便让她进房来。

自此，曹颖与那女子日日相伴，两个人难舍难分。

好景不长，这一天，曹颖与那女子正在房中谈诗作赋，王傅庆从京中回来了，说现在国家正处于危难之中，曹颖已被点名从军，让他及早动身，以免因延误军期而获罪。

曹颖将这一消息告诉英华，不想英华不但没有显出惊奇之色，反而像早在意料之中，没有显出生离死别的痛苦，只是对曹颖淡淡地说："此次分手，我与你的缘分也就算断了。你的宿缘寡浅，他日一定会遇上兵难。我这里有灵香一枝，送与你，万一事情有急，你只要将它点燃，就必会有神人来相救，不然，将在劫难逃。"说完就不见了。

曹颖心中好不难过，可也无法，只好含泪将香收好，向北从军去了。

来到军中，曹颖记着英华的嘱咐，诸事小心。可不知为什么，军队屡战屡败，军官不思打仗，终日饮酒作乐，曹颖对此极为不满。一天，曹颖正与一位知己谈论国事，不料正好被军官听到，便要以扰乱军心之罪来惩罚他。晚上，曹颖想起英华的话,悄悄溜出军营,焚香祈求帮助。

谁知香火光引来了卫兵,把他抓了起来,军官以其违反"夜晚军营中不能点火"的命令为借口,将他斩首,以肃军纪。

曹颖被杀后,感到英华在三峰阁中召唤自己,于是一缕断魂又回到三峰阁,英华正在那里。两人又重新相伴。

韩元吉很被这个故事感动,作《水龙吟》一首:

雨余叠巘浮空,望中秀色仙都是。洞天未锁,人间春好,玉妃曾坠。锦瑟繁弦,凤箫清响,九霄歌吹。问分香旧事,刘郎去后,知谁伴,风前醉。

回首暝烟千里,但纷纷落红如洗。多情易老。青鸾何许?诗成谁寄?斗转参横,半帘花影,一溪寒水。怅飞凫路杳,行云梦断,有三峰翠。

曹颖与英华的故事也因韩元吉的这首《水龙吟》而流传至今。

中夜呼啸济黄流

范成大酷爱填词,但他有个习惯,就是每填完一首词就随手丢掉,这使他几乎不知道自己填过多少词;而只有一首词例外,那就是《水调歌头》。

万里汉家使,双节照清秋。旧京行遍,中夜呼啸济黄流。寥落桑榆西北,无限太行紫翠,相伴遏芦沟。岁晚客多病,风露冷貂裘。

对重九,须烂醉,莫牵愁。黄花为我一笑,不管鬓霜羞。袖裹天书咫尺,眼底关河百二,歌罢此身浮。唯有平安信,随雁到南州。

这首词一直挂在范成大家里,一见到这首词,范成大就会想起那令人终生难忘的一幕幕——

那是淳熙己亥年间,范成大由于多年在朝中做官,极想回老家看看亲人。他接连几次上书皇帝，最后终于获准回乡。

范成大得到这个消息，异常高兴。他星夜兼程，希望能在九九重阳节前到家，与家人团聚。

功夫不负苦心人，范成大终于如愿了，回到家乡石湖时，正好是九九重阳节这天。于是他兴致勃勃地邀请家族中人和几个近邻，一起登高赏月，饮酒填词，并约好第二天一起远游。

第二天一早，范成大和客人们乘上小舟，从阊门顺流而行。时间尚早，水面上的雾气还没有消退，只见白雾茫茫，垂垂欲雨，好像无数仙子在空中摇曳，令人如置幻境之中。

小船顺着河水，缓缓而行，到采云桥时，浓雾渐淡渐无；豁然一亮，眼前晴空万里，太阳冉冉升起，四乡风景在初阳的映衬下，优美如画，无不与人会意。范成大顿觉心灵为之一振，不禁与朋友们击节赞叹。

放眼望去，只见田野之中，稻浪轻浮。田家的妇女、小孩儿，换上了新衣，与这美景同乐。

忽然，一阵微风吹来，稻花随之摆动。小舟挂起风帆，逆流而上。穿过越来溪，水面顿时开阔，溪水清澄见底，鱼儿在水中舞动，小舟宛如在玻璃面上行驶。

小舟驶过之处，不时有瘦瘦的菱花探出头来，给清溪带来勃勃生机。朋友们争相采撷，小舟左右摇摆，激起一阵阵水花，融于一片欢歌笑语之中。

小舟穿过石湖，时间已近中午，众人将舟停靠岸边。

寻径而上，拨开柴荆，众人在千岩观坐下来休息。此时正是山花烂漫，各种野花交相辉映，漫山开遍，于骄阳中更显其风姿，喷发浓香。菊花丛中有一种大金钱菊，格外引人注目，它香味尤烈，直入肺腑，令人大有昏昏欲醉之感。

菊花旁边长有大约二亩的丹桂，花都已盛开，香气令人不得不驻足，不忍离去。

众人在花香中携壶起身，渡过石梁，登上姑芳后台，开始爬山。

山路崎岖，众人奋勇齐登；范成大更是不肯落于人后，干脆除去方巾，扔掉竹杖，健步如飞，好不痛快。大家不顾石棱草滑，全部登上山顶。山顶之上恰好有一块坳塘藓石，相传这是吴国故宫的闲台别馆所在之处。

站在山顶上，俯视绵绵群山，范成大忘了所有不快，为眼前的美景所打动，也为家乡父老的热情所感动，禁不住热泪盈眶。

众人无心考古察今，站在坳塘藓石之上，领略自然风光。只见正前方，越来溪与石湖交相辉映，波光粼粼。湖光与岸边松林连成一片青绿，隐隐可见一个孤塔的塔尖，更显一种情调；再放眼北望，有一个黑点，像河螺，那是昆山；昆山的北面是西山，这西山更是异常秀美，满目的萦青丝碧，连绵起伏，目力所及超过百里，真是有登高临远的胜状，令众人流连忘返。

日落西山，夕阳照耀，众人才依依不舍地从山上下来，不忍就此离去。众人又来到了山腰的燕山馆，摆开酒肴，饮酒作赋，正是在这种情景之下，范成大填了那首《水调歌头》。

知音少，弦断有谁听

岳飞（公元1103年~公元1142年），字鹏举，相州汤阴县人。宣和年间，岳飞应征入伍。由于他英勇善战，屡立战功，历任少保、河南及河北诸路招讨使、枢密副使，封武昌郡开国公。后来因为力主抗金，反对议和，而得罪了当权派，被罢官做了万寿观使。投降派视岳飞为眼中钉，绍兴十二年岳飞被秦桧等陷害，死于大理寺狱中。淳熙六年时，赐谥武穆；嘉定四年时，又被追封为鄂王；最后于淳祐六年，改谥忠武。

岳飞可称得上是一个文武全才。他尚工诗词，但由于连年征战，他的词多数失散了，现存仅三首，意气豪迈、深沉豪放是岳飞词的主要特点。

南宋绍兴十年，一天深夜，岳飞刚刚睡下，就被一声鸟鸣惊醒，此时的岳飞再也无法入睡了。走到窗前，只见窗外月色朦胧，万籁俱寂，眼前平和的景象，不禁勾起了岳飞对悠悠往事的回忆——

　　自己从二十三岁就当兵，抗金。开始在老将军宗泽手下打过仗，深得老将军的重用，被老将军视为知己，但现在老将军已为国献身了。后来，又到了大将张所、王彦手下做先锋官，多次历险，一度收复了湖北、河南之间的国土，眼见可直捣黄龙府，不知为什么将要获胜之际却又突然罢兵议和呢？难道是自己错了吗？也许皇上有更好的办法。可是奸佞之臣秦桧，卖国求荣，其心险恶，已是人所共知的事实，皇上难道也愿意做金主"招谕江南"的儿皇帝吗？自己精忠报国、恢复中原的奋飞之志就不能为朝廷所理解吗？

　　一想到奋飞，岳飞就想到自己名字的由来，想到自己的母亲。

　　母亲常常对自己说起，自己出生时，有一只像鹄的大鸟正好高声叫着从产房上空掠过，按老人们的说法，这是一种喜兆。全家异常高兴，为了纪念这一特殊时刻，父亲给自己起名叫岳飞，字鹏举，意思是希望儿子日后能像鹄一样振翅高飞。自己还没过满月，就碰上百年不遇的黄河大决口，滚滚浊浪眨眼之间便暴跳而来。母亲姚氏大惊失色，赶紧抱起自己，坐进身边的一个大瓮里，随波漂荡，最后被黄河之水冲到岸边，才得以脱险，周围的人都异常惊讶。

　　母亲对自己一直寄予很深的期望，为了不让自己随波逐流于当时的世俗享乐之风，有一天，母亲把自己叫到房里，

取出针，在自己背上刺下了"尽忠报国"四个字，当时，自己还疑惑不解，认为身体发肤得之父母，不可损伤。如今回想起来，才深切地感到母亲对自己寄望之深。母亲已谢世，所谓"树欲静而风不止，子欲养而亲不在"。现在朝廷中达官贵人虽多，像母亲那样充满报国之心的人，却是太少了。

　　一阵清冷的夜风，把岳飞的头脑吹醒。他胡思乱想着，越发感觉到一种奋飞和浊浪相抗争的矛盾感，把他缠得欲进不能、欲退不能。越想越觉得积郁难泄，真想仰天长啸。悲奋之中，他踱回书房，疾笔写下了《小重山》一首。

　　昨夜寒蛩不住鸣，惊回千里梦，已三更。起来独自绕阶行，人悄悄，帘外月胧明。

　　白首为功名，旧山松竹老，阻归程。欲将心事付瑶琴，知音少，弦断有谁听？

自古英雄都是梦

韩世忠（公元 1089 年~公元 1151 年），字良臣，延安人。宣和二年，方腊在青溪起义的时候，韩世忠以偏将的身份随从王渊讨伐方腊起义军。由于他作战英勇，功劳显赫，被提升为嘉州防御使。宋朝迁都临安后，韩世忠也南渡，历任太保，后又被封为英国公兼河北诸路招讨使。韩世忠力主抗金，他与当时的抗金名将岳飞志同道合，交情甚厚。

在抗金战场上，韩世忠和岳飞紧密配合，多次打败金军，并接连收复失地。这也就引起了当权派秦桧等的不满。秦桧为了限制主战派的发展，没收了三名大将的兵权，韩世忠就是其中之一。兵权被削后，韩世忠受命担任枢密使，这是个有名无权的职务，他对此非常不满，连疏乞骸，再次被谪，贬为醴泉观使。晚年回朝，进封为福国公，后被封为感安郡王。死后，孝宗皇帝封他为蕲王，谥忠武。

韩世忠作为抗金英雄，他的事迹被人们广为传颂，但韩

世忠有一段故事却鲜为人知。

韩世忠被削去兵权，告老还乡。政治上的失意，使这位昔日叱咤风云的大将异常苦闷，报国无门，只有寄情于山水。

因为从年轻时就连年征战，韩世忠从未游历过家乡的山山水水。这次却是大饱眼福。他最喜欢北山，就去北山上建了一座翠微亭。之所以起名为"翠微亭"是因为他和战友岳飞当年一同登上池州翠微亭时，岳飞曾即席作了一首诗，至今韩世忠还记忆犹新："经年尘土满征衣，特特寻芳上翠微。好山好水看不足，马蹄催趁月明归。"

可是韩世忠万万没有想到，他刚刚建好翠微亭，还没有来得及请岳飞来，就有消息说岳飞死了。韩世忠不愿相信这个消息是真的，就赶快派人到京城去打探。

韩世忠每日在家中等着派出去的人，整日坐立不安。

不久，派出去的人回来了，证实了消息的准确性，岳飞被秦桧杀死于风波亭。韩世忠听后痛不欲生，他怎么也不能相信正当壮年，为国家出生入死、屡立战功的岳飞没有死于杀敌战场上，而死于自己为之效力的皇帝手中。岳飞这样的人都被杀了，自己被罢官又有什么奇怪的呢？说不定哪天自己也会死于非命。韩世忠想到自己和岳飞的友谊，想到岳飞对自己的关心，想到自己建造翠微亭时曾设想有朝一日能邀岳飞共登翠微亭，在亭上谈国家大事，论抗金大计。可现在，这一切都是不可能的事情了。

韩世忠怀着对岳飞的满腹哀思，独自登上翠微亭。翠微亭前松柏巍立，像是在默默地哀悼抗金大将岳飞。

韩世忠对自己又好像是对死去的战友说："鹏举，你活着的时候没能到我为你建的翠微亭来看看，那就现在来吧。现在你再也不会为国事担忧，也不用整日在疆场厮杀了，以后我日日来此陪你。"

从这天起，韩世忠每日必上翠微亭，与岳鹏举英魂相会，把自己得到的最新消息告诉他，也把自己的满腹心事讲给他听。他感到鹏举正坐在自己面前，不住地点头，认真地听。

久而久之，韩世忠渐渐地似有所悟，他看透了朝廷的腐败，看出了抗金的无望，决定不再出山，而要逍遥于江湖之上、清风明月之间，并自号"清凉居士"。

韩世忠放浪江湖，为了和过去的生活彻底决裂，他决定不再骑马，而改骑一头大骡子，骡子不像马有记路的能力，整日漫无目的地在好山好水间游逛，也自有一番风味。

这一日，他骑着骡子信步由缰。没想到骡子走到了西湖香林园，这是当时尚书苏仲虎宴请宾客的地方。

此时，里面热闹非凡，韩世忠知道准有贵客，就想往回走。守卫却已把韩世忠的到来通知了苏仲虎。苏仲虎和韩世忠本是挚友，苏仲虎一听韩世忠到来，赶快出来迎接。突然

的不期而遇，使两个人都非常高兴。

韩世忠落座，看到在座都是些文人雅士，大家志趣相投，填词作赋，无所不谈，宾主甚欢。韩世忠深深羡慕这些文人的才华。

酒逢知己千杯少，韩世忠的心情格外高兴，尽兴而归。

回到家中，清风拂面，韩世忠的酒也醒了很多。想到那些人的词作，自己也想写点什么，于是缓步走到院中。眼前山林幽幽，似静似动，韩世忠站在那里，神思飞动。他自幼习武，可谓是一介武士。他自从隐居乡间，做了清凉居士以后，也时常写些诗词小赋，但还从没有产生过像现在这样强烈想写点东西的愿望。韩世忠不觉兴奋起来，马上回房，填词两首。

第二天，韩世忠又来到了西湖香林园。这次与昨天不同，他左手提着一只煮熟的、还散发着热气与香味的羔羊，右手拿着昨晚自己填的两首词，兴奋之情溢于言表。

"仲虎，今天我又来打扰，告罪了。"一见到苏仲虎，韩世忠忙道。

"不知今日提羊而来是为何事？"

"只一小事，昨日在贵处听到那些文人填词作赋，很是喜爱。我虽是一介武夫，回去后也试着填了两首。"

"是啊，我可真愿先睹为快。"

韩世忠把自己的两首词双手递给苏仲虎，苏仲虎接过后

展开第一首:

南归子

人有几多般,富贵荣华总是闲。自古英雄都是梦,为官,宝玉妻儿宿业缠。

年事已衰残,须鬓苍苍骨髓干。不道山林好处多,贪欢,只恐痴迷误了闲。

苏仲虎合上这一首,不住点头,随即展开第二首:

临江仙

冬日青山潇洒静,春来山暖花浓,少年衰老与花同。世间名利客,富贵与贫穷。

荣华不是长生药,清闲不是死门风,劝君识取主人公。丹方只一味,尽在不言中。

韩世忠看到苏仲虎读完了,赶快问道:"尚书,你觉得此两首词如何?"

苏仲虎没有急于回答,又把两首词反复地看了几遍,才道:

"世忠,你的词可谓极富意趣。"

"此话怎讲?"

"词表面读来平平,但在词中却饱含着深刻的人生感受。"苏仲虎看了韩世忠一眼,接着说,"你本行伍出身,能写出这样的词实属不易,可喜,可贺。"

听到苏仲虎如此说,韩世忠若有所思,没有说话。

见他这样,苏仲虎又道:"《临江仙》一首已尽在不言中,可是《南乡子》更令人极想尽言,只一句'自古英雄都是梦'便有很多很多话要讲,可谓词之上品。"

韩世忠听到此,脸上再没有了往日的逍遥。只有他自己知道词中饱含了多少内容,想当年自己金戈铁马,征战沙场,而今却每日游荡于山林之间;想岳飞令金兵闻风丧胆,却死于非命!所有这些又有谁能说清楚?

韩世忠悻悻地离开西湖香林园,又陷入了深深的忧思之中。

韩世忠晚年病重时,特意告诫家人:"我的名字叫'世忠',你们不要忌讳'忠'字,如果讳而不言,那么就是忘忠啊。"

可见作为一代抗金名将,韩世忠至死未忘忠心报国,并非彻彻底底地去做"清凉居士"。

气吞万里如虎

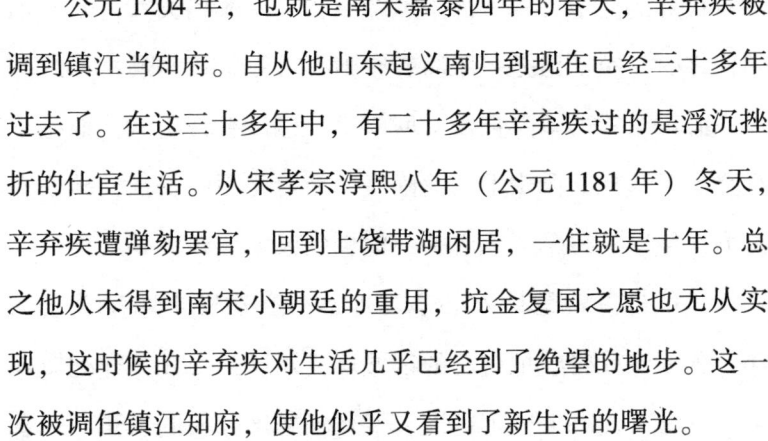

公元1204年,也就是南宋嘉泰四年的春天,辛弃疾被调到镇江当知府。自从他山东起义南归到现在已经三十多年过去了。在这三十多年中,有二十多年辛弃疾过的是浮沉挫折的仕宦生活。从宋孝宗淳熙八年(公元1181年)冬天,辛弃疾遭弹劾罢官,回到上饶带湖闲居,一住就是十年。总之他从未得到南宋小朝廷的重用,抗金复国之愿也无从实现,这时候的辛弃疾对生活几乎已经到了绝望的地步。这一次被调任镇江知府,使他似乎又看到了新生活的曙光。

等他到了任上,他才明白一切都是骗局,当权的大臣韩侂胄因为知道蒙古已经崛起,金朝正日趋衰落,他想利用这个机会发动对金国的战争,以建立功勋,巩固自己的权位。韩侂胄这次起用辛弃疾只不过要用他在主战派心中的威望,使自己的阴谋得以实现。

当辛弃疾知道这些以后,真不愿到镇江去上任,但是已为人臣，又怎能违命不遵呢？于是他匆匆到了镇江任上。

这时的镇江已经和抗金初年的镇江大不相同了，那时镇江是抗金的第一道防线，由于皇帝坚持抗金，并有了充足的准备，使抗金斗争有条不紊地进行着，打退了敌人很多次的进攻。不但没有丢失一寸土地，反而使敌人一想到镇江军民的斗争精神即谈虎变色。现在，由于主和派在朝中的势力日渐增大，而在他们的思想中只把镇江作为"天限南疆北界"的自然屏障而已，不加建设，消极抗敌，屡遭金兵的袭击，没有很好的防卫设施，使土地荒芜，人民流离失所。辛弃疾到任之时，镇江已是一派防务废弛、市井萧条的景象。

心事重重的辛弃疾没有回府里，也没有带随从，而是步行登上了镇江北固山上的北固亭。面对北面的长江，他心潮澎湃，往事一幕幕涌上心头，他想到很多很多——

镇江自古就是兵家必争之地，东汉建安十四年至十六年，孙仲谋就曾经把自己的都城从吴州迁到镇江，并把镇江称为京城。而今天，再也没有了当年枭雄孙权的影子。东晋南朝时也很重视对镇江的建设，因为镇江的地理位置很有利，曾经一时成为繁华重镇。那时镇江商贾云集，一派繁华景象。但是好景不长，世过人迁，到了宋武帝刘裕的时候，镇江的形势发生了很大的变化。刘裕出身贫贱，但他从军发达后，能内平桓玄之乱，外灭南燕和后秦。尽管曾经一度收复洛阳和长安，但可惜因急于谋夺东晋的政权，引兵东下这

样就使得敌兵乘虚而入，夺去关中，从而使恢复中原的伟大抱负，功败垂成。

由刘裕的失败，辛弃疾又想到西汉大将卫青、霍去病，想到宋文帝。卫青、霍去病追击入侵的匈奴兵，不但把匈奴兵从国土上赶出去，而且一直打到现在的内蒙古自治区西北部，并在狼居胥封山而还。

而宋文帝的情景却和卫青、霍去病大相径庭。卫青、霍去病是大胜而回，宋文帝却在元嘉二十七年，听信被沈庆之骂为不足与之谋的王玄谟、徐湛之等人的话，在战前没有进行充分的准备，而和北魏开战，梦想像卫青、霍去病一样取得辉煌的胜利，结果却是大败而回。

不论是卫青、霍去病，还是宋文帝都已是历史，而自己呢？自己又做了些什么呢？从在烽火中由北方率领的一支起义的队伍突破金兵的重重阻击南归，想支持南宋政权恢复北方，统一祖国，干一番事业。但是，在腐朽的南宋政权之下，屡遭升贬，直至这次身肩重任，来到镇江前线，已经整整四十三年了。这四十三年，变化不可谓不大，国家日趋衰微，扬州一带的局势又大不如四十三年前的一片抗金情形了。而自己的命运又是和整个国家的命运息息相关的，在政治上经受种种打击，壮志难酬，纵有一腔报国热情又有什么用呢？

想到这里，辛弃疾随口咏了一首《永遇乐》：

千古江山，英雄无觅，孙仲谋处。舞榭歌台，风流总被、雨打风吹去。斜阳草树，寻常巷陌，人道寄奴曾住。想当年，金戈铁马，气吞万里如虎。

元嘉草草，封狼居胥，赢得仓皇北顾。四十三年，望中犹记，烽火扬州路。可堪回首，佛狸祠下，一片神鸦社鼓。凭谁问：廉颇老矣，尚能饭否？

为什么要等别人问"尚能饭否"呢？展望时势，现在国家山河破碎，金朝贵族对北国的蹂躏及对南方的威胁都依然存在。南宋这些统治者又苟且偷生，在剩水残山间醉生梦死，把国耻家仇全部丢在脑后。自己既然不愿和他们同流合污，那就有很多事情可做。既然现在是镇江知府，就要搞好镇江的防卫工作，随时打击敌兵，为北定中原打下良好的基础。想到这里，辛弃疾仿佛又看到年轻时的自己，满怀希望，走向抗金最前线。

醉里挑灯看剑

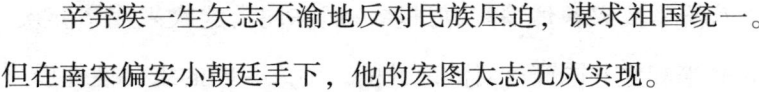

辛弃疾一生矢志不渝地反对民族压迫，谋求祖国统一。但在南宋偏安小朝廷手下，他的宏图大志无从实现。

淳熙年间，本来在都城做官的辛弃疾由于被弹劾，贬到江南。即使这样，那些主张和金国讲和的人也没有忘记对他的迫害。尽管屡遭打击，频受迫害，辛弃疾还能健举自振，壮心不已，因此，他在主战派中具有极高的声望。

这一天，辛弃疾正在面对一条河，倚着楼门思索抗金之事。

忽然，远处尘土飞扬，一匹快马飞驰而来。马上端坐一人，眉清目秀，腰间插一把宝剑。整个人看起来英姿勃发，辛弃疾对这位青年产生了极大的好感。

在河边，马突然停了下来，无论怎么办，马都不肯再向前走。没办法，马上的人只好翻身下马，可马还是不动。这时青年人勃然大怒，立即从腰间拔出宝剑，向马头砍去。辛

弃疾刚要制止青年,那马已经应剑而倒。辛弃疾不禁叹道:"好一个有胆量有魄力的青年,将来必有大作为。我何不把他请来共商讨金大计?"

正想叫人把青年请来,只见那人已独自走过桥来,拱手向辛弃疾道:"请问您可知抗金大将辛弃疾住在哪里?"

听到问自己,辛弃疾忙道:"我就是,请问阁下大名?"

"您就是?久仰久仰,我是陈同甫。"

一听是陈亮——那个自己早已想见的江南抗金名士,辛弃疾异常高兴,忙请陈亮进屋。而陈同甫这次来找辛弃疾,正是来和他共同商讨对敌之计的。两人共同的志向使他们一见如故。

光阴荏苒,一晃十几年过去了。

这一年,辛弃疾被调到江淮任职。

一到任上,他就打听到原来的好友陈亮也在江南,此时陈亮已被贬为庶民,贫苦交加。几经周折,两位多年不见的挚友终于又见面了,酒逢知己千杯少,辛弃疾更是借酒消愁。

趁着酒性,辛弃疾说了许多平时不说的话。他对陈亮讲自己年轻的时候为了窥察敌情,两次冒着生命危险深入虎穴,终于掌握了不可多得的重要情报,给予敌人致命的打击;为了生擒叛贼,他奋不顾身闯袭敌营。一想到过去的出生入死的战斗,辛弃疾对眼前的苟安生活越发不满。他对陈亮说："别看现在金兵不南下，好像很安全了，但是局势实际上是很危险的。因为钱塘一带绝不是帝王所应该居住的地方。这里三面环水，一面是牛头山。假若金兵从陆路进攻，只要切断牛头山的路，那么援兵就无法再前来相救；假若敌兵从水面上进攻，那就更危险了。如果钱塘江决堤，那整个都城临安就将成为一片汪洋，后果不堪设想。"

辛弃疾越说越激动，到三更天，辛弃疾已经喝得大醉了。于是倒头便睡觉了。

听了辛弃疾这些宏论，陈亮的心里再也无法平静了。他想辛弃疾尽管是自己的老朋友，但这么多年不见，不知他的思想是不是已发生变化了。现在的辛弃疾已和当日的辛弃疾不同，他身居要职，今天竟然在酒后说出这么多招致杀身之祸的话，这与他平日只愿多思而不多说的性格恰恰相反。现在他酒还没醒，等酒醒后明白过来会不会把我杀了灭口呢？因为他尽管是好人，但他也要为自己考虑啊！

陈亮越想越害怕，仿佛看到辛弃疾正举着一把明晃晃的大刀向自己砍来，陈亮不禁出了一身冷汗。他马上起来，整理好自己的衣服，小心翼翼地走出辛弃疾的房间，到了马棚，他牵出辛弃疾的骏马，飞驰而去。

事后，陈亮想到辛弃疾的为人处世，觉得确实是自己多疑了。可他又不好意思再去见辛弃疾，就写了信给他，为自己那日的不辞而别表示歉意；同时他又告诉辛弃疾，自己已被贬为庶民，不得不处处小心。尽管现在形势对抗金斗争很不利，他还是希望把自己一腔热血洒向战场，他要重新组成一支队伍，但是缺少资金，希望辛弃疾能给予些帮助。

此时，辛弃疾正在为那天陈亮的突然走掉而深感不安。接到陈亮的信，他非常高兴，立即就给陈亮筹集足了他所需要的钱，并提笔写了一首《破阵子》：

醉里挑灯看剑，梦回吹角连营。八百里分麾下炙，五十弦翻塞外声，沙场秋点兵。

马作的卢飞快，弓如霹雳弦惊。了却君王天下事，赢得生前身后名。可怜白发生！

陈亮收到词和钱后，被辛弃疾的赤诚所深深感动，更知道了辛弃疾对于恢复河山的决心。陈亮备受鼓舞，又一次走上抗金的前线。

山盟虽在，锦书难托

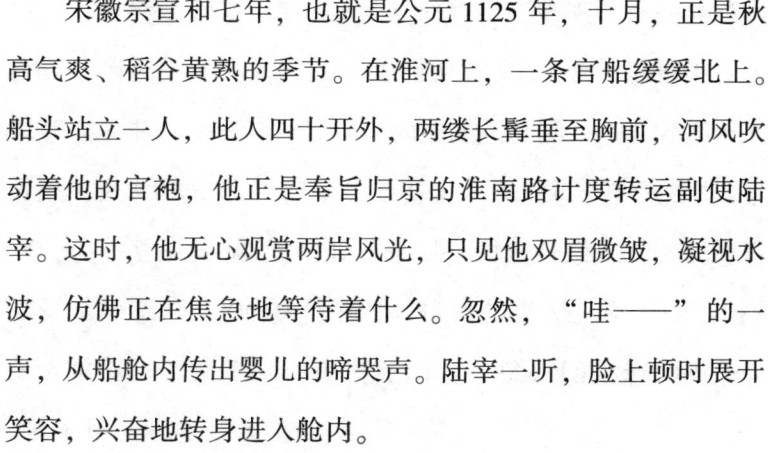

宋徽宗宣和七年，也就是公元1125年，十月，正是秋高气爽、稻谷黄熟的季节。在淮河上，一条官船缓缓北上。船头站立一人，此人四十开外，两缕长髯垂至胸前，河风吹动着他的官袍，他正是奉旨归京的淮南路计度转运副使陆宰。这时，他无心观赏两岸风光，只见他双眉微皱，凝视水波，仿佛正在焦急地等待着什么。忽然，"哇——"的一声，从船舱内传出婴儿的啼哭声。陆宰一听，脸上顿时展开笑容，兴奋地转身进入舱内。

"恭喜老爷，是位公子。"仆人们向陆宰贺喜。陆宰三步并作两步奔到床边，小心翼翼地托起那刚刚来到人世的婴儿，抑制不住心中的高兴，对身边的夫人说："没料到，我儿竟降生在这淮水的大舟之中。适才我已想好了，就给他取名一个'游'字，你看好不好？"陆夫人点点头，看着孩子，幸福地笑了。

时间一天天地流逝，陆游也一天天地长大。陆夫人对这宝贝儿子格外宠爱，一会儿见不到都要挂念着。陆游也是个孝顺孩子，从小就很懂事，对母亲言听计从，从没说过半个不字。就这样，陆游在和谐、温馨的家庭气氛中长大成人，出落得一表人才，尤其是诗词方面的功力，已在同学中颇有名气。俗话说："男大当婚，女大当聘。"陆游才华出众，名声远传，为他提亲的人也就纷纷上门了。陆夫人眼看着儿子在自己的爱抚下长大，无限爱怜，满心欢喜地要为陆游择一门好亲事。既要门当户对，又要是贤惠懂礼的好媳妇，所以日思夜想，费了不少心机。这一日，陆夫人又为了亲事将儿子唤到身边。陆游进到屋内，向母亲问过安。陆夫人开口道："游儿，昨日又有人来提亲，是富商孙贾的女儿，人长得灵秀，女工做得也好，你意下如何？"陆游站立一旁，默不作声。"那上次讲的刘员外的千金如何？"陆游仍是微锁眉头，听母亲问得急了，转了转头，欲言又止。陆夫人见了，会心一笑，道："儿啊，你心里有话就尽管对母亲讲，不要闷在心里。"陆游沉默了一会儿，向母亲禀道："孩儿确有一事请母亲做主。母亲为孩儿的婚事操劳，可孩儿心中想的不是贵家千金、豪门小姐，而是……""是谁？你尽管说，母亲为你做主。"陆夫人追问道。"那女子相貌脱俗，性格温顺，还是一个女才子呢。说来母亲也认得，就是我表妹唐婉。"陆夫人一听，心中不快，说道："那唐琬是个好女子，还是我的侄女，亲上加亲固然大喜，只是她……"没等母亲说完，陆游便抢白道："母亲说要与孩儿做主，孩儿若能与表妹结成姻缘，今生足矣！"陆夫人沉吟片刻，笑道："好，就依你。"

于是，陆家请媒人去说，两家一拍即合。下过聘礼，两家择了吉日，为二人完婚。陆游与唐婉，本就是从小一起长大，青梅竹马，互相爱慕，如今结为琴瑟之好，更加亲密，恩恩爱爱，形影相伴。陆游婚后为唐婉谢绝了朋友的酒宴，待在家中。唐婉更是一片痴情。二人或相伴出游，或对月饮酒，吟诗对句，沉浸在新婚的幸福之中。

自从新人入门，陆夫人不免感到几分寂寞，心想：以前，游儿每天都要到我这里问安、聊天，陪上我半天工夫。如今，我把他拉扯大了，又依他意娶了唐婉，却天天见不到他了。可是，听到从园中传来儿子兴奋的叫声和媳妇欢快的笑声，老夫人又满意地笑了。只要儿子高兴，她是不会说什么的。她又琢磨着，转年她就能抱上孙子了。到时候，她就又有伴儿了，又有操心的了。于是，老夫人把满心的希望寄托在未来的孙子上。

然而，一晃三年过去了，陆老夫人抱孙子的愿望还没实现。再看陆游与唐婉，还是那么亲亲爱爱，犹如新婚宴尔。"唉，娶了媳妇，就忘了当娘的。"老夫人不止一次这么念叨。时间一长，就把对儿子的不满迁怒到媳妇唐婉身上，时

时处处觉得唐婉让她不舒服,不是挑剔她针线做得不好,就是责备唐婉不懂孝敬之礼,整日总是沉着脸。一天午后,唐婉照例为婆婆端茶,一不小心,茶水泼溅在婆婆衣服上。老夫人心里正不痛快,又被弄湿了衣服,发火道:"粗手笨脚的,连茶也端不稳,要你干什么用?"唐婉低声道歉:"是我不小心,我再为婆婆端一盏。""不用了。"老夫人以一种强硬的口吻说道。唐婉欲要辩解,上前行礼,还未开口,就被婆婆拦住了。"你下去吧。"老夫人说。唐婉总喜欢息事宁人,宁可自己受点委屈,也不愿惹婆婆生气。因此,她默不作声地退出了。而老夫人依然在气头上,站在房中高声说:"像你这样,也做得了陆家的媳妇?还是赶快送回去的好。"这话被未走远的唐婉全听到耳里。

　　唐婉从小是爹妈的掌上明珠,不要说挨骂,就连大声说话也没听过。今日为一点儿小事,就受到婆婆好一顿训斥,心中不觉感到委屈。尤其想起在房外听到的最后一句话,眼泪扑簌簌落了下来。陆游正在房中读书,见唐婉从母亲房中回来,呆坐一会儿,便垂下泪来,就坐到唐婉身边哄她:"是不是受了母亲的气,还是想岳母大人了?"陆游说的本是一句玩笑话,谁知正中唐婉的心事,唐婉哭得更伤心了。陆游见夫人泪珠儿涟涟,愈加爱怜,待问明原因后,说道:"这是母亲一时的气话,你不必当真,待我去弄个明白。"说着,起身欲走。唐婉赶忙拦道:"不去也罢,倒惹婆婆更加不快了。"陆游用满有信心的一笑,来安慰自己的爱妻。

陆老夫人正在闭目养神,见陆游进来,露出笑脸,道:"游儿,快来陪我聊聊,我正闷着没事。"陆游本来发愁如何向母亲开口,见母亲心情很好,索性照直说道:"母亲,唐婉自打来到咱们家,凡事小心,处处在意,为今天这点小事,您也不必送她回家呀!"陆老夫人一听,儿子是为唐婉的事才来的,心里顿生不快,沉下脸说:"怎么?从来都是媳妇孝顺婆婆,难道还要我供着她不成?这唐婉也太不像话,竟敢让你来说我的不是!你也是,一个大丈夫竟要替妇人说话。"陆老夫人近来本就有意将唐婉休了,但迟迟未能说出口,心想:不如趁今日这个机会,送那唐婉回去,也省得让我整天看着不痛快。于是她接着说:"依我来看,咱们陆家也容不下她了,不如明日就让她回娘家。"陆游一听,急忙劝母亲:"母亲,不要这样,您何必动这么大怒呢!是我自己要来的,不关唐婉事,还求母亲看在孩儿分上,不要休了她。""你越发没出息了。我主意已定,我不要再见到她。"陆老夫人说。陆游哀求道:"母亲,孩儿年已二十有余,可功未成,业未就,幸得唐婉,才使儿感到愉快。您如今硬要拆散我们,让我怎么受得了!"老夫人闻听此言,大怒:"你这不孝之子!"陆游从小孝敬父母,从未见母亲对自己发过火,今日一见,心中有些害怕,道:"孩儿从命便是。"

陆游心事重重地回到房中，看见文弱的妻子正坐在灯前，烛光映在她的脸上，愈加引人怜爱。陆游不禁回想起二人度过的美好时光。几年来，夫妻二人相敬如宾，情投意合，如何忍心分手呢？唐婉见陆游回来半晌没出声，心中已经明白了几分，强忍心烦，宽慰道："有事待明日再说吧。"陆游担心的正是明日，但又如何启口呢？一边是真情所寄，难舍难分；一边是礼教家法，母命难违。长夜无眠，无言并坐，执手相看，欲言又止。烛光越来越弱，终于熄灭了，天已微明。最后，陆游长叹一声，说："母亲让我送你回家。你且收拾一下吧。""你真的让我走吗？"一句话出口，唐婉已无法忍住压抑了一夜的泪水。"婉，你但听我把话讲完。"陆游轻抚爱妻，"你我感情深厚，我怎能如此绝情？我打算送你在外小住几日，等母亲心平气和了，我再求她让你回来。暂且作权宜之策，你看如何？"唐婉左思右想，难出好计，只得点点头。

天色放亮，唐婉收好物品，到堂中辞别婆婆，带了个随身丫鬟，离开了陆家，暂时住到陆府外面的小园中。陆游天天来伴她，仍然那么情意绵绵，只是总没有机会向陆老夫人求情接回唐婉，这成为二人的一件心事。

春去秋来，半年时光很快就过去了。且说陆老夫人强令儿子休妻后，见儿子整日不归家，心中疑惑，派了人一打听，才知道陆游与唐婉仍在私下往来。老夫人虽说气恼，但也不便发作，索性假装不知，为陆游重新张罗起婚事来，希望能借此让陆游回心转意。这次选定一大户之女，老夫人既然主意已定，任陆游怎么苦苦哀求也无济于事。定亲、下聘、择吉日、筹备婚典，一切都在迅速地进行着。陆老夫人之所以这样做，一则是她娶新媳妇心切，二则借烦冗之事缠住儿子，使他不得与唐婉相聚。一连半月，陆游被老夫人约束在家，他人虽在母亲身边，心却早已飞到唐婉那里了。心中受着煎熬，人一天天消瘦下去。眼看婚期将近，陆游稍得脱身机会，来至唐婉住处。他在门外徘徊，犹豫不决，不知如何将母亲的安排告诉唐婉。无奈跨入房门，见唐婉正与丫鬟下棋。多日不见陆游，今日一见，她格外兴奋。谈诗赏乐，诉说思念，竟未察觉陆游的异样神情。陆游见唐婉难得如此高兴，愈加不忍让她经受这样大的打击。临别时，唐婉仍依依不舍地与陆游相约两日后再会。

唐婉一心盼着与陆游再次相会，可是，两日过了，仍未见陆游赴约，不免心生愁怨。第五日清晨，唐婉打扮停当，坐在窗前，一心期待着陆游。门外稍有动静，她便急唤丫鬟去看。直至黄昏，唐婉仍守在窗前，连午饭也没有吃。丫鬟心疼小姐，上前劝道："小姐，陆公子今日不会来了，你还是别等了。"唐婉摇摇头："我们约好，我知道他今天一定会来。"丫鬟一时性急，说道："我说陆公子不会来就是不会来，我知道的。""你知道什么？""今天是陆公子大喜的

日子呀!"一句话出口,丫鬟自知说错了话,赶忙顿住,但已无法遮掩。"大喜?是什么大喜之日?你敢胡说,看我如何处置你!"唐婉又惊又怒地说。丫鬟只得从实禀告:"今日我出门,听街头巷尾都在议论,说陆公子与一大户人家的女儿定了亲,今日就举行庆典。我不敢告诉小姐,怕小姐伤心。"唐婉顿觉眼前发黑,险些摔倒,被丫鬟扶住。她颓然坐在那里,心想:该来的总是要来的。她就那么一动不动,平日常常以泪洗面的唐婉,此时却没有泪水,只是呆呆地看着那跳动的火焰,看着那缓缓流下的烛泪。直到天明,唐婉突然说道:"我们走!"丫鬟问道:"小姐,我们去哪?""回家!"唐婉露出异常坚定的表情。

与此同时,洞房花烛夜的陆游又如何不心焦!他无视新人的存在,和衣而卧。但只要他闭上眼睛,脑中便全是唐婉窈窕的身影、幽怨的目光。好容易熬过这漫长的一夜,清晨,陆游便迫不及待地赶到唐婉的住处。然而等着他的只有一个空空的园子,几间孤零零的小屋。陆游不觉眼中湿润,他大声呼喊着唐婉的名字,徒劳无益地找遍园中每一个地方。结果,仍然只是那单调的窗棂、孤单的椅子和那滴干泪的残烛。但陆游不会知道,就是这些东西陪伴唐婉度过最伤心的时刻——那个不眠之夜。就这样分别了,一对夫妻,连一句珍重的话都没有说,就分别了。这一别将成永别。陆游又恨又忧:恨母亲的专制、自己的懦弱;忧他与唐婉的爱情，忧新妇成了无辜的牺牲品。他恍恍惚惚来至街上，喝得酩酊大醉。

　　陆游经历了此番波折，变得沉默寡言，心灰意冷。他无心去理母亲为他安排的新妇，把时间都用在读书作诗、与朋友谈论政事上。只是在心中保留着一个人的影子，在他寂寞、苦闷的时候，她就会走出来，给他安慰，和他相伴。不久，陆游听说唐婉嫁给了赵士程，只能把这份感情更深地埋在心底。

　　时光飞逝，陆游已到了而立之年。这一天，春风和煦，阳光明媚。陆游因为马上要到京城去参加礼部考试，所以心情很好，独自一人漫步城南沈园观赏春色。陆游来到湖畔，看着一池碧水上，几对鸳鸯轻浮曼舞，非常动人。正在他忘情之时，忽见桥上走来三五个游人，其中一个白衣女子体态动人，优雅大方。陆游仔细一看，立时惊呆了，他简直不敢相信自己的眼睛，难道她就是自己多年来深深怀恋的唐婉？这时，桥上的女子也望见了陆游，她突然感到心怦怦地猛烈跳动，脸上的笑容也僵住了。她正是唐婉，与丈夫同来游春。人群渐渐走近，陆游呆立道旁，用目光迎送着她，一股愁云慢慢堆积在他胸中。唐婉低头不语，不敢抬头与陆游那热切目光相对；不敢放慢脚步，延长这短暂的相逢；更不敢驻足停立，回头观望。二人近在咫尺，却都没有任何表示，他们怕那颗抑郁许久、渐已平静的心会迸发出更强烈的热情,一发而不可收拾。

那赵士程也是个宽厚温和之人,他本知道唐婉与陆游的关系,但不知是陆老夫人硬把他们拆散,二人仍旧情难忘。他见妻子神情异样,急忙关切地询问。唐婉含泪将她与陆游被迫分离,陆游迎新之夜,自己不辞而别的经过告诉丈夫。最后说道:"我只道是那日一别,即成永诀。谁知命运偏偏安排我们在这沈家小园再度相逢。"赵士程很是通情达理,说道:"也罢,既然相逢,便是有缘。我将陆公子请来,我们就在这小阁中聚一聚。"说罢,一面派人去请陆游,一面又让人准备酒宴。

酒宴桌前,唐婉作陪。陆游与赵士程先是寒暄几句,便不知再说些什么好。陆游看着自己昔日的爱妻,如今已委身他人,自己还能说什么呢?怪只能怪自己,大丈夫却不能保护自己心爱的人,想到这儿,陆游将从前一遍遍梦想的有一天见到唐婉时要说的话,全都咽了下去,只是一个劲儿喝着闷酒,还要强忍着心中的痛楚,祝愿他二人白头偕老。真是"借酒浇愁愁更愁"。不一会儿,陆游便醉倒桌前。唐婉看着陆游不胜酒力,疼在心上,却不能劝阻,也无法劝阻,千言万语都化成苦涩的泪珠滚入酒杯。赵士程见这般情景,只好携着唐婉先行告辞。陆游独自一人,面对满桌美酒佳肴、两个空着的座位,难以说清心中滋味。他又是一阵狂饮,然后请人找来笔墨,一挥而就,在小阁的壁上题下一首《钗头凤》:

红酥手，黄縢酒，满城春色宫墙柳。东风恶，欢情薄，一怀愁绪，几年离索。错！错！错！

　　春如旧，人空瘦，泪痕红浥鲛绡透。桃花落，闲池阁，山盟虽在，锦书难托。莫！莫！莫！

　　深夜，唐婉久久不能入眠，索性披衣下床，借着明光，倚在窗前，凝视着那一轮皓月。"多么寂寥的夜啊！"她不禁轻叹一声，白天的一幕幕情景又浮现眼前。陆游每一举手投足、每一神情变化都牵动着唐婉的心。想到自己走时，陆游已然醉倒，她更是放心不下，听丫鬟说陆游宴后在那小阁题词一首，唐婉还急切地想知道他写了些什么。

　　又是一个未眠之夜。第二天清晨，唐婉便又带丫鬟再到沈园，直奔昨日饮酒的小阁。此时天色尚早，园内游人稀少。未至阁前，唐婉已望见那粉墙上几行行书。字体是那么熟悉，笔力刚健，雄劲洒脱，还未细读，泪水已模糊了唐婉的视线。唐婉急至壁前，一遍遍诵读那首《钗头凤》，将每个字深深地刻在心里。面壁许久，唐婉用浸湿的衣襟拭去脸上的泪水，像对人讲话，又像自言自语道："蒙你一往情深，我唐婉今生绝不负陆郎！"

　　回到家中，唐婉就一病不起，但她还念念不忘陆游的《钗头凤》，反复吟咏："春如旧，人空瘦……山盟虽在，锦

书难托……"随后叫丫鬟取来纸笔,就在病榻上应和了一首《钗头凤》:

世情薄,人情恶,雨送黄昏花易落。晓风干,泪痕残。欲笺心事,独语斜阑。难!难!难!

人成各,今非昨,病魂常似秋千索。角声寒,夜阑珊。怕人寻问,咽泪装欢。瞒!瞒!瞒!

不久,唐婉便抑郁而死。

陆游得知这一消息,痛不欲生,将他对唐婉深深的爱化作深深的哀悼与永久的怀念。直至晚年,陆游每次入城,还都要悼念唐婉。他不忍再到沈园,只是登到附近的禹迹寺上,从高处眺望沈园的碧池,看那隐隐约约中的闲池阁,默默地,许久许久……在他心中或许在追忆往昔,或许在慨叹人生。

只有香如故

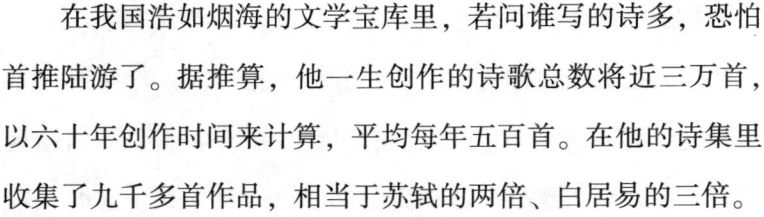

在我国浩如烟海的文学宝库里，若问谁写的诗多，恐怕首推陆游了。据推算，他一生创作的诗歌总数将近三万首，以六十年创作时间来计算，平均每年五百首。在他的诗集里收集了九千多首作品，相当于苏轼的两倍、白居易的三倍。

他的诗词，有的清新婉丽，有的雄浑豪壮；有的平淡自然，有的造境奇特。但不论哪种风格的诗词，都燃烧着他那炽热的爱国主义精神。因为，陆游首先是个爱国者。

陆游出生于公元 1125 年。那时金王朝女真族的军队从长城一线大举南侵，占领了燕山，包围了太原，情势异常吃紧。从此整个国家陷入极大的灾难之中。

陆游从十二三岁起，诗名就渐渐为人所知了。他不忘国耻，极力主张恢复中原。为达到这个报效国家的目的，他希望通过科举求取功名，但遭到秦桧的忌恨和压制，秦桧将自己的孙子、侄子列在榜前。众人都为此不平，但因秦桧权势太大，都无可奈何。陆游直至三十四岁才开始做官。

公元1162年，孝宗即位。孝宗起用了抗金老将张浚为右丞相，都督江淮路军马，对女真侵略者形成了强大的威慑力量。这时，陆游受命起草了两个重要文件，即《代二府与夏国主书》及《蜡弹省札》。这是中书省和枢密院重要的外交和军事文件，主要内容是准备在外交上联络西夏，争取协助，共同抗金。同时又准备对沦陷区的军民散发秘密传单，发动他们武装起义。陆游以能够参与抗战的机要工作为荣，一心打退敌军，恢复中原。

不幸的是，抗战失利了，主和派又抬了头。孝宗起用秦桧余党汤思退为丞相。陆游在朝廷上也日益处于不利的地位。不久，就被调任建康通判，又改调镇江通判。这时张浚正巡视江淮，来到镇江。一来张浚和陆游的父亲本系旧交，二来彼此都主张抗战，所以张浚对陆游很是亲切器重，而张浚的儿子张栻和幕僚们更是和他异常亲近。他们在一起计划着如何重整武备，进行反攻，以期报仇雪耻。这时，张浚拥有山东、淮北忠义军一万二千人，驻守泗州，其余要害地方也都筑好了城堡，江淮一带也都增置了战舰，各地义军所用的武器也都准备齐全。金人听到了这些情况，立刻下令赶快撤兵。只要当时的朝廷坚持抗战，事情是大有可为的。可是主和派包围了孝宗，于隆兴二年（公元1164年）四月撤销了江淮都督府，罢免张浚，正式与金人讲和，签订了"隆兴和议"。

就在议和期间，陆游仍上书朝廷，建议国家宣布建康和临安都是临时国都，以便将来迁都建康，收复中原。岳飞、张浚同样如此主张，然而都遭到杀害、罢官的结局。陆游目睹这一切，仍一身正气，慷慨陈词，可见他赤诚的爱国之情。

签订和议的第二年，孝宗把年号改为"乾道"，一时的发愤图强又变为苟安现状了。陆游也被调到离前线更远的隆兴任通判。不久，又假罪陆游"交结台谏，鼓唱是非，力说张浚用兵"而免除了他的职务。

陆游回到故乡山阴，寂寞地度过了四个年头。直到乾道五年，朝廷才勉强给陆游一个夔州通判的职务。这时，陆游已经四十五岁，因久病不能即时赴任。第二年，他才携家眷，开始了西行万里的远游。

一天黄昏，陆游走出驿站散步。寒冬的冷风阵阵吹来，一股凉意；滴滴小雨随风洒落，更添凄清。泥泞的路上，行人稀少。陆游本想在广阔的空间里透透心中的郁闷，谁知凄风冷雨更增添了他的忧愁。天上的积云低沉，似乎要压到他的身上；黑夜也好像提前来临，要将他紧紧笼罩。他走啊走啊，四十几年的往事一一涌上心头：科举榜首，云程在即，却被秦氏所害，断送了无限风光；精忠报国，诚心劝谏，换来了诽谤和诬陷；国家风雨飘摇，自己流落他乡……想着，

想着，不觉已到断桥边上，忽见昏暗中几株梅花傲骨奇干，屹立在桥边。陆游不由快步上前，伫立在梅花树旁，凝神细看。那梅花舒展花瓣，尽情开放；寒风苦雨越发使它鲜灵精神。脚下泥泞的土地上，飘落着几片落花，人行车碾，它已化作花泥，静静地躺在地上，但是仍有香气阵阵扑来，带着幽静，带着顽强。

"啊，梅花，你怎么这样和我相同呢？无意功名利禄，傲视凄风苦雨；任由众芳嫉妒，甚至被碾作泥尘，仍旧散发着满腔正气，挺立着傲骨奇枝。梅花，你就是我啊！我也如你，独展才华，却无人欣赏；但我更要像你那样，粉身碎骨，不改初衷，在这昏夜中散发着馥郁的清香。"

回到驿站，陆游挥毫写下了一首《卜算子·咏梅》：

驿外断桥边，寂寞开无主。已是黄昏独自愁，更著风和雨。

无意苦争春，一任群芳妒。零落成泥碾作尘，只有香如故。

功名不信由天

陆游到达夔州任职，任期三年。就在他任职期满的时候，王炎来做四川宣抚使，并聘陆游在他手下担任一些事务。他们来到了南郑。

王炎是一个抗战派领袖，政治、军事才能都很出色。他是宣抚使，又兼参知政事，西北一带的军力、财力、人力都集中在他手中，是大可有所作为的。

南郑地处前方，这是陆游一生中得以身临前线的唯一机会。急欲报国杀敌的陆游，十分振奋，他感到为国家建功立业为期不远了。这时，他除了为王炎出谋划策、处理一些日常公务以外，经常身着戎装，戍卫在大散关下（这里是宋、金对峙的最前线），和士兵一起，握紧武器，随时警惕敌人。他还到各处了解情况，传达命令，指示机宜。

在南郑的八个月军队生涯，给陆游留下了难忘的印象。

那大西北一望无边的平川，那空阔的河滩，峥嵘的士

垒；那渭水秋风的夜晚，那岐山飘雪的清晨……这一切都让年届不惑的陆游兴奋、年轻。他像青年人一样出击敌人，射猎深山。

有一次，他和同伴攀山越林，寻找狐兔，却碰上一只乳虎。同行的三十多人都不知所措，面面相觑。只见陆游挽起衣袖，大喝一声，挺起长矛，向虎的咽喉戳去。但见"吼裂苍崖血如注"，虎被刺死了，"截虎平川"的英雄凯旋。

回到驻地，天色已晚，笳声在长空回荡，雪花纷纷飘下，落在野外营帐上，大家兴致勃勃。虽然西北的气候异常寒冷，但营帐内热气腾腾，陆游和伙伴们沉浸在胜利的欢乐中。待他们举杯畅饮之后，陆游撩起衣袖，大笔挥洒，写下了龙蛇飞动的字幅和气壮河山的诗篇。那字里行间，跳动着他炽烈的爱国火焰。

王炎、陆游和他的同僚们，积极地进行着北伐的准备工作。沦陷区的人民不堪女真族的迫害蹂躏，更是热切地盼望解放。他们冒着生命危险，把敌人方面的情报传递过来，甚至还携带着洛阳的竹笋和黄河的鲂鱼来慰问南宋军队。看到人民的爱国热情，看到人民反抗民族压迫的伟大力量，陆游深受感动；何况敌人已然发慌，被迫在长安四周挖掘三道壕沟来应付最后的抵抗。陆游兴奋、急切，他盼望着朝廷快下令出兵。

但是，等来的是一道调令：王炎调回京中，陆游调往成都府任安抚司参议官。恢复中原的愿望又一次破灭了。怀着激愤，陆游携妻带子走上了重回四川之路。"何事又作南来"，他忧闷之余却无可奈何，上马杀敌的英雄只能做驴背苦吟的诗人了。

成都，远离前线的大后方，与南郑完全是两个样子。这里没有兵燹影响，而且又物阜民丰，重阳药市，元夕灯山，令人流连忘返。成都是有名的花都，百花如锦。每当晓雾初散、丽日方妍的时候，东阡南陌，人如潮涌，斜戴着帽子，垂着马鞭，任马儿从容行走。

陆游离开了前线火热的军旅生活，百无聊赖，而且参议官也只是挂个空名儿，没有实际的职权，所以闲来无事，常常饮酒、赏花、听歌、醉舞，乃至斗鸡、射雉，以此排解内心的苦闷。他便在《汉宫春·初自南郑来成都作》一词中，描绘了前线、后方的不同生活：

> 羽箭雕弓，忆呼鹰古垒，截虎平川。吹笳暮归野帐，雪压青毡。淋漓醉墨，看龙蛇飞落蛮笺。人误许、诗情将略，一时才气超然。
>
> 何事又作南来，看重阳药市，元夕灯山？花时万人乐处，欹帽垂鞭。闻歌感旧，尚时时流涕尊前。君记取、封侯事在，功名不信由天。

陆游感慨、向往那"诗情将略"的军旅生活,他相信:"封侯事在,功名不信由天。"相信建功立业不能靠上天来安排,而要靠自己的力量。东汉班超,不就在西域立了大功,被封为定远侯吗?恢复中原的壮志是一定能够实现的。

陆游感情热烈、风格豪壮的诗歌,在社会上普遍流传,一直传到临安,得到孝宗的赏识。他再次得以离开四川,调往临安。

当年万里觅封侯

陆游奉旨被调，回到临安，这时他已五十四岁。孝宗在便殿召见了他，说了很多奖励的话，好像非常关心他。其实，皇上对陆游这样的主战派是不感兴趣的。因为皇上原来就对恢复中原失地畏首畏尾，动摇不定；自符离之战失败以后，他早已丧失信心。因此，只让陆游到福建、江西做了两任提举常平茶盐公事住管钱粮仓库和茶盐专卖的官员（比知州高一级），并未在朝廷上加以重用。三年后，又闲居故乡山阴了。直到他六十二岁时，才再次被起用为严州知州。

严州是个小郡，地瘠民贫，加上连年水灾，农业生产受到很大损失，市面萧条。陆游很希望为人民多做一些事情。他首先恢复和发展农业生产，实行不扰民、不浪费、厉行节约的政策，对于贪污残暴的吏役，一律撤换斥逐。他"朝先鸣鸡兴，夕殿栖鸦还"，一天到晚勤恳工作，即使养病休假的时候，也关心着地方治安。他不忍用打板子的方法逼迫农

民缴纳租税。他勤政为民得到了百姓的爱戴。因为一百四十年前，他的高祖陆轸曾经做过严州知州，现在他在这里又做得好官。老百姓为纪念这祖孙二人的政绩，就在当地佛寺里为陆轸立了一个祠位，并请陆游作记刻石。

两年后，陆游任满回家。不久又奉诏到临安任军器少监，以后又改任礼部郎中。这时孝宗已到晚年，对恢复中原更是彻底绝望。他将帝位传给儿子赵惇，自己则在重华宫悠闲度日。

宋光宗赵惇即位之后，陆游又上了几道奏章，劝他小心谨慎，励精图治，这对昏庸的赵惇来说，当然是逆耳之言；加之朝廷中一些奸佞之人早对陆游不满，便趁机弹劾，竟然以"嘲咏风月"的罪名，罢免了陆游。

陆游为了表示自己的反抗，回家后干脆以"风月"二字做了一个书室的名字。虽然他没有向恶势力低头，但不少朋友恐怕"连坐"受牵，吓得不敢与他来往了。他从此在家乡过起了长达十一二年孤独、冷落的生活。

山阴本来是个山清水秀的地方，禹迹寺、兰亭和镜湖更是人们向往流连的名胜古迹。陆游的家就在镜湖旁边，他把自己比作一只西来的孤鹤，远离了繁华热闹的都市，僻处在山明水秀的故乡，借此表达自己高洁的情操。

陆游一生都坚持了这种高洁，所以始终没有能得到高位和厚禄；而且因为居官廉洁，没有积蓄，致使他罢官不久，生活就逐渐贫困起来。在艰难的生活中，陆游靠着朋友和邻居的接济维持。为了应付催税的公差，只好典当衣服来维持。这样一个当过官的读书人，也学会了做农活。"身还民服，口诵农书"，"身杂老农间"，"扶衰业耕桑"，"种菜三四畦，畜豚七八个"。栽桑，养蚕，种菜，种芋头，织麻，酿酒，做酱……什么都干。他对于医药也有相当的研究，自己又种了些药材，经常为邻里治病，施舍药品；有时他还带上药囊，骑着驴子，到远近村落闲游，给病人诊治。因此，农民们都感激他，把他当作自己的亲人看待，这种诚挚纯真的感情使陆游和农民往来日益亲密。他经常参加田父野叟们的聚餐。在这些农务余暇、苦中作乐的宴会中，他跟农民们开怀畅饮，与他们共话桑麻，而且还慷慨地向他们倾吐自己的满腔义愤，把恢复中原的爱国事业寄托在这些穷朋友和后代子孙们的身上。他说："我们要直捣敌人的巢穴，清打中原。我们虽然越来越老了，但是要把忠义传给子孙，一旦朝廷发出北伐的命令，大家都应立刻拿起武器去参加战斗。"

与此同时，他常常想起自己在梁州参军时的情景：想当年，"万里觅封侯"，"匹马戍梁州"。我胸怀报国宏图，匹马单枪驰骋于万里疆场，就像当年班超投笔从戎一样。可是，班超在西域立了大功，被封为定远侯。而我呢？我并不期望高官厚禄，只望中原收复，河山统一。看如今，"胡未灭"、"鬓先秋"、"泪空流"。敌寇嚣张，报国无门，我的理

想和愿望,只能变成满腔忧愤,变成美丽的梦想。梦中,我又策马奔驰;梦中,我又执甲卫戍;梦中,我又视察军情,在荒山野岭间东奔西走;梦中,我又挽刀跃马,涉过关河,奇袭敌军。窗外那风声雨声,竟变成无数战马践踏冰河的蹄声,进入我的梦中,梦境一次又一次激起我战斗的豪情。可是睁眼一望,当年的战袍早已被尘土所封,那关河也远在千里之外。难道就让我的老泪空流吗?国家处在水深火热之中,人民遭受涂炭,我怎么能沉浸于家乡的诗情画境中呢?我怎么能迷恋于"书巢"渔钓呢?不要看我双鬓凋零,我还能扬刀跃马,还能戍守轮台。只要号令一下,我仍是梁州一兵;只要中原收复,祖国统一,我客死江湖又有何妨?请农友乡亲,请后代子孙,请朝廷臣将,请边境士兵,都来听我的《诉衷情》:

当年万里觅封侯,匹马戍梁州。关河梦断何处?尘暗旧貂裘。

胡未灭,鬓先秋,泪空流。此生谁料,心在天山,身老沧洲!

常记溪亭日暮

春日的济南城，犹如一个十四五岁的小姑娘，正是妩媚、娇柔的时候，各色各样的牡丹花竞相怒放，千姿百态，令人眼花缭乱。这一日，正是牡丹花节，城中的男女老少从四面八方涌来，徜徉在大街上，观赏这富贵的花中之王。在游行的队伍中，一位青衫男子格外引人注目。他虽头包儒巾，身罩长衫，却难以掩藏眉宇间的清秀，此人便是宋朝名士李格非的女儿——李清照。

李清照，号易安居士，是宋代著名女词人。她的词委婉含蓄，轻巧尖新，姿态百出，被誉为婉约词之宗。沈谦称"男中李后主，女中李易安，极是当行本色"。李清照在父母的熏陶下，自幼就对诗词有着浓厚兴趣，而且风格上也受了父亲的很大影响。她虽是大家闺秀，但并不拘泥于封建礼俗，常常走出闺房，到大自然中寻找灵感。今天，她又禁不住街上牡丹花节的热闹，改换装束，拥挤在花队的人流中。

那牡丹花堪称花中精品！争相吐蕊，让人欣赏它的婀娜；含苞待放，让人怜惜它的娇嫩；弯枝低垂，让人品味它的风韵。有的并蒂连理，有的伊人独立，有的如霞似火，有的洁白如玉……数不清品种，道不全名称。李清照边走边看，边看边想，庆幸自己今日可一饱眼福。

渐渐地，暮色笼罩了大地，为牡丹花披上了一层神秘的黄色。李清照忽觉腹中饥饿，这才发现自己在不知不觉中随着人流走到了城郊。

前面正是一家小饭馆。店小二在店门口招揽生意。

李清照低头看看自己一身打扮，迈步进了饭馆，挑一个角落坐下。点了饭菜，李清照问店小二："店家，能否先端杯茶来解渴？"店小二热情关照："公子应饮酒才是呀。我们这里有上等好酒，又解渴又解乏，保您满意。"李清照一时拿不定主意，店小二却径自端来一壶酒。

店小二先为李清照斟上一杯。李清照端起酒杯，便闻到一股酒香，酒沾唇，顿觉清凉爽口，她一仰头，便一饮而尽。"公子好酒量！"店小二说着，又斟上一杯，才转身离去。李清照确实太渴了，没等饭菜上齐，便将一壶酒都喝光了。

酒足饭饱，李清照起身出店，才发现酒饮得过猛，现在有些轻飘飘的，脚下不稳了。

不知什么时候，天色已经全黑了，人们在道旁挂起花灯，火光点点，随风摇曳，登高而望，犹如蛇走龙游，煞是好看。李清照游兴未尽，有心再到闹市中心走一走，但又一想："我今日乔装改扮，从后园溜出来，独自一人深夜不归，父母知道了定要着急，如果怪罪下来，恐怕我日后就难有机会出来了。"于是，她向绕城而流的小河走去，打算从城外绕道回家，免去了穿城而过的辛苦。

　　李清照找到一条轻便的小船，便解缆上船，让它随水而下，自己只是轻轻地把住方向。有人在河中也放了花灯，一闪一闪，仿佛夜的眼睛，还有几只漂到李清照船的周围，时前时后，似乎是为护航而来。离开闹市，李清照一下子沉浸在宁静的夜中，和风徐徐，暖意融融，刚才那几杯酒，使她感到有些支撑不住了。李清照收起桨，让小舟随水漂荡，自己却慢慢地合上眼睛休息。

　　过了好一会儿，突然，"嘎嘎——"一阵水鸟乱叫，将处于迷糊状态的李清照猛然惊起。她被这一惊，出了一身冷汗，醉意全消。但见月色中一群水鸟的黑影从水面飞起，到更远的地方落下。原来，小舟无人照管，竟漂流到荷塘深处，打扰了栖息在这里的鸥鹭，也吓了李清照一跳。李清照定定神，拨转船头向回家的方向划去。

　　李清照回到家里已是深夜，父母已睡着，只有自己的房中还隐约透出些烛光。她轻手轻脚地进了房，只见桌上残烛只剩了一点点，丫鬟等不及，已伏案睡去。虽然李清照奔走

一天,两腿发沉,可她却无半点睡意,尤其想到适才惊起的一群水鸟,更是兴奋不已。于是,她借着一点残烛,提笔写下一首《如梦令》:

常记溪亭日暮,沉醉不知归路。兴尽晚回舟,误入藕花深处。争渡,争渡,惊起一滩鸥鹭。

写罢,她又反复读了几遍,才叫醒丫鬟一同去睡。

第二天太阳高照,李清照才起身。梳洗打扮如常,随即去见母亲。王氏故意板起面孔,道:"你昨日又跑出去,什么时候才回来?"李清照心中害怕,偷眼看着丫鬟,见丫鬟正冲自己摇头,心里便踏实下来,道:"昨日我只在后园玩,未曾出门呀?""还不承认?"说着,王氏吟道:"常记溪亭日暮,沉醉不知归路。"李清照一听,原来是昨晚的《如梦令》暴露了自己的行踪,呆立厅中,不知如何对答。这时,王氏忽然哈哈大笑。李清照明白,原来母亲并无意责怪自己。"母亲。"她撒娇地叫了一声,扑到母亲身边。

花自飘零水自流

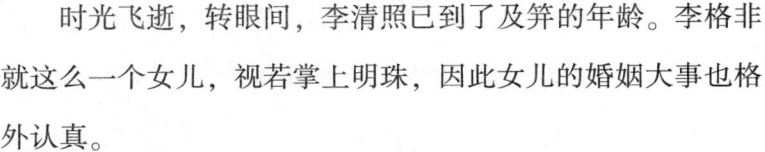

时光飞逝，转眼间，李清照已到了及笄的年龄。李格非就这么一个女儿，视若掌上明珠，因此女儿的婚姻大事也格外认真。

李格非有位老朋友，膝下一子，名叫赵明诚，风流年少，博学多闻。

一日午后，赵明诚坐在书房窗下读书，文章艰涩难懂，令他感到枯燥无味，于是趴在桌上睡着了。忽然一股仙气弥漫，一位白胡子老道出现在赵明诚面前，老道将尘拂一甩，一册线装古书便落在了赵明诚手中。赵明诚打开第一页，上题几句诗："言与司合，安上已脱，芝芙草拔。"他正不解其意，一阵烟气，道士与那书又都不见了。赵明诚急忙起身欲寻，才从梦中清醒过来，原来是一场梦。但梦中的几句话他还记得清清楚楚。这时，赵明诚的父亲进到书房，让儿子陪自己下棋。

父子俩坐在大树之下，摆好棋局。赵明诚执黑先走，可他头脑中总是甩不掉刚才的梦境，边下棋边想："不知适才三句话是什么意思，是不是仙人欲嘱托我什么大事呢？"赵明诚心不在焉，不到十几步，就输了这一局。赵老先生见儿子心事重重、若有所思，便问道："诚儿，我见你心不在下棋呀？"赵明诚一听，赶忙借机将梦中情况讲给父亲听，说道："真不知是什么字谜，害儿想了半天。"赵老先生听罢，略一思索，便手捻长髯，哈哈大笑起来："儿呀，这是说你要娶一个能作词的媳妇啊。"赵明诚一下子两颊绯红，但又想知道个究竟，便用探询的目光看着父亲。"这'言与司合'是'词'字，"老先生继续分析，"'安上已脱'是'女'字，而'芝芙草拔'显然是'之夫'二字，这不就是说'词女之夫'，是说你是个词女的丈夫吗？"赵明诚听了解释，心中欢喜："我若真能得一位才女，真是三生有幸！"

果然，不出几日，李格非便派人来提亲，欲把女儿李清照嫁给赵明诚。

李清照与赵明诚如天设地配，情意相投，恩恩爱爱，既是夫妻，又是益友。二人在一起潜心金石研究，探讨诗词学问，互敬互让，真是如鱼得水，美满幸福。

正当他们沉浸在燕尔新婚的幸福之中的时候，赵明诚偶遇急事，要负笈远行。他虽难以向爱妻启齿，却还是将实情告诉了李清照。李清照默默无言，心中却像有一团乱麻：

"我们刚刚有一个美满的开始,你却要舍下我。你知道吗?虽然我们结婚才一个月,可我已经离不开你了。你知道吗?如果你走了,我的心会跟着你到任何地方。你知道吗?剩我自己独守空房,那将是怎样难熬呀。"但她转念一想,"我又怎能因儿女情长,总把丈夫留在身边,影响他的事业呢?"因此,李清照虽然心中极为不忍,却还是一副坦然大度的样子,祝丈夫一路平安。

深夜了,赵明诚已在李清照的身边睡去,可李清照想到明日丈夫就要启程,怎么也睡不着。她借着从窗户透进来的月光,仔细端详着丈夫熟睡的面孔,心中又爱、又痛。此时她脑中想的、心里装的,全都是新婚小别的相思之苦。看着、看着,她翻身下床,点燃蜡烛,就用自己平日喜爱的一方淡黄色丝帕写下一首《一剪梅》:

红藕香残玉簟秋。轻解罗裳,独上兰舟。云中谁寄锦书来?雁字回时,月满西楼。

花自飘零水自流。一种相思,两处闲愁。此情无计可消除,才下眉头,却上心头。

第二日,李清照送了赵明诚一程又一程,临别的话叮嘱了一遍又一遍。然而送君千里,终有一别。最后,他二人在一条岔路边站定。"就到这里吧,天色不早了,我也该赶路了。"赵明诚轻揽爱妻肩头，低声细语地劝说。李清照顺势依在丈夫宽阔的胸前，悄悄地将一只黄手帕别在了丈夫襟上，温柔地点点头，两行泪夺眶而出。片刻温存后，李清照从丈夫怀中抬起头，拂去泪水，留下一个浅浅的微笑，转身向归路走去。

赵明诚展开手帕，看到了那首《一剪梅》，一时间，百感交集，激动不已。他举起手，朝着李清照远去的背影，挥起了幸福的黄手帕。

人比黄花瘦

　　李清照有一段美满的婚姻,她与赵明诚志趣相投、携手共进。这也使得二人更加卿卿我我,难分难舍。

　　李清照不愧是位才女,常常佳句联篇,妙语连珠,并且记忆力极强,能够过目不忘,令赵明诚这位"词女之夫"也要自愧不如了。每逢晚间饭后,他二人便来到归来堂,燃起小炉,烹上香茶,在烛光下同读一本书,同填一首词。有时闲来无事,赵明诚便提议道:"易安,你我面前堆积这么多史书,我说一事,看你能否说出它在某书、某卷的第几页第几行?"李清照眼中露着诡异的笑:"当然可以。我再加上一条,谁说得对,谁就先饮茶,以资鼓励。"赵明诚点头说妙,随即说出一事。未等他说完,李清照已毫不犹豫地讲出了出处,调皮地看着丈夫,举茶欲饮。赵明诚没想到妻子这么快就说了出来,听那口气,还把握十足,而自己一时又无法确定答案是否正确。他狐疑地盯着李清照的笑脸,有心认输，又怕妻子信口胡说来蒙自己；有心查书，又怕李清照先把茶饮了。心下着急，赶忙从书堆中找出其中一卷急速地翻找，而端茶坐在一旁坦坦然然的李清照早已被丈夫一副滑稽相逗得前仰后合，一不小心，茶杯倾斜；水未饮成，却先泼了自己一身。

待赵明诚从书卷中抬起头，从他那佩服的眼光中，李清照已经明白，自己说得完全正确。

妻子的才学，不由得赵明诚不服。这使他与李清照更加相敬相爱，平等相处，每逢下雪的天气，李清照总要披上蓑衣，戴上斗笠，独自一人到郊外观赏雪景，寻找佳句。而她每次得了佳句，都要向赵明诚讨个佳对，这可真是难坏了赵明诚，令他叫苦不迭。

一次，赵明诚应朋友之邀外出远游，又将李清照独自留在家中。二人虽结婚多年，但每次小别，都令李清照感到难分难舍，送出十几里，才肯一步一回头地往家返。于是，她不几日就作一首小令，寄托自己的相思之情。

眼看又到重阳佳节，本该是登高游览、观秋赏菊、夫妻团聚的日子，却一点儿没有赵明诚归来的消息。李清照不免日日惦念，常常跑到路口，向远处眺望，可就是不见丈夫的影子。

这日午后，李清照依旧到路口眺望。回来后，便坐到窗下静静等待，隐隐地，她总觉得丈夫一定会在重阳节赶回来的。一晃已到了黄昏,李清照把酒自斟,还不时向窗外瞟上两眼。她刚刚闭目养神,忽觉窗外人影晃动,清照一阵欣喜奔出门外,却见一个陌生人已然走远,只剩满园菊花随风摇摆,花瓣落了一地。李清照不由得抱怨道:"德甫呀,你让我等得好苦。你一去数月,让我满心是愁,身体消瘦。"

回到屋中,李清照将衷肠诉于笔端,提笔写下《醉花阴》:

薄雾浓云愁永昼,瑞脑消金兽。佳节又重阳,玉枕纱橱,半夜凉初透。

东篱把酒黄昏后,有暗香盈袖。莫道不销魂,帘卷西风,人比黄花瘦。

第二日,赵明诚才得以赶回家中,他看到《醉花阴》一词,深深感到妻子对自己的无限挚爱,激动不已。同时,他也赞叹妻子的才气,写出如此绝句,自己却难有惊人之语,内心惭愧。他发誓定要作上几首好词,既报妻子的痴情,又要让朋友们看一看自己的本领。

于是,赵明诚闭门谢客,将自己关在房中潜心创作,连李清照也被他瞒住了,不知他整日神神秘秘地在搞什么名堂。因为他想一旦得了佳对,定要给李清照一个意外的惊喜。

三天的闭门苦思,赵明诚终于得到五十阕小词。他颇为得意,故意将妻子的那首《醉花阴》誊抄后,混在自己的词中,直奔他最好的朋友陆德夫那里。

陆德夫见到赵明诚,仔细打量一番,关切地问:"赵兄,怎么三日不见,竟显得如此憔悴不堪呀?""先不管那些,快看看老弟给你带来了什么?"赵明诚已急不可待,等不得落座,便将五十一首词从袖中掏出。陆德夫见赵明诚如此性急,还有难以掩饰的兴奋流露在脸上,也不多说,细细品味起来。一阵沉默过后,陆德夫从词稿中抬起眼,看着赵明诚急切的目光,他说道:"'士别三日,当刮目相看'呀,不想赵兄三日之中,就有如此大的长进,真令我敬佩。"赵明诚听到夸奖,继续追问:"你看好在哪里?""以我之见,这词好在三句上。"陆德夫一脸的诚恳。而赵明诚一听只有三句写得好,心中有些不快,但又不甘心,追问道:"哪三句?"陆德夫略一沉吟,指着那首《醉花阴》:"这'莫道不销魂,帘卷西风,人比黄花瘦'三句,真乃传神之笔,语出不凡呀。"

赵明诚听罢,羞得无言以对,没想到自己想一鸣惊人,却还是没能比过妻子李清照。从此他更加敬慕妻子的才学,自己甘拜下风。

怎一个愁字了得

　　随着金兵的入侵，宋王朝处在风雨飘摇之中。社会的不安定，也给李清照的生活带来了极大的不幸。

　　靖康之变后，沉醉于幸福家庭，畅游于学术研究、文学海洋的李清照，被迫走出书斋，踏上了流亡之路。此时，恰逢赵明诚先行建康，为母亲奔丧。李清照只身一人，带着十五车金石书画追随丈夫南下。这些文物都是李清照与赵明诚在几十年中搜集、珍藏的佳品，那上面凝结着二人的心血，记录着他们的幸福旅程。李清照从老家出发时，把它们从十几屋收藏中精心挑选出来，视如生命。可是，行至镇江，一股强盗把大部分物品劫去了。看着强盗推走一车车文物，看着被劫掠后的残局，李清照好不心痛，但自己却无能为力，只能眼睁睁地看着。

　　几经周折，李清照才到达建康，与赵明诚相见。谁曾想，这一见也只是短暂的重逢，不久，赵明诚突然患了急症，生命垂危。病榻边，李清照日夜守护在那里。赵明诚日渐衰竭，李清照心中暗暗祈祷："保佑德甫，我愿以自己的生命来做抵偿。"然而，命运偏偏如此不公平，把她最后一位亲人也从她身边夺走了。这种打击实在太大了，李清照难以承受这些接踵而来的不幸，悲痛欲绝，大病一场。

晚风渐起，卷起满地的落叶在空中飞舞。年近半百的李清照已在杭州定居下来。奔波流徙的生活使她失去了太多，而如今孤单寂寞的生活又能给她什么安慰呢？李清照无儿无女，又过早地失去了丈夫，现在，她只有靠三两杯冷酒、一遍遍的回忆来排遣寂寞的时光。

这一日黄昏，天色灰暗，李清照又像往常一样独自坐在窗前，静静地，任思绪飘到好远好远的地方。昔日这个时候，自己一定与赵明诚一同出城览景，作词对诗，寻找佳句了。不，也许他们此时正守在归来堂，赏玩名人字画。记得从前，每当初一、十五、太学放假，赵明诚必会买回一些古帖碑拓，在烛光下品评。还记得那一次，赵明诚从一位隐士手中得到白居易手书的《楞严经》，便急匆匆骑马而归，与她相对展玩。他当时那狂喜不支的样子……想到这里，李清照禁不住露出笑意。

天色越发暗了，窗外传来雨点滴落在梧桐叶上发出的单调响声，不时还夹杂三两声大雁的哀鸣。园中的菊花都已开始凋谢，残存的花瓣在寒风中无力摇摆。然而，再也不是那摘花的年纪,再也没有那看花的心情。慢慢地,李清照脸上的笑意变成了一丝苦笑,昔日皆成过往云烟,时光不会倒流,一切不会从头再来,如今只剩下她孤身一人。在这凄清的黄昏忍耐这苦雨凄风,抵挡这秋冷冬寒,何时才是个头呀?这点点滴滴的秋雨还要滴到什么时候?想到这里,李清照心中顿感酸楚,一滴冷泪流过面颊,落入面前的酒杯之中。"真怪,经过这么多年,我还以为自己的眼泪已经干了呢?也许和这天一样吧,你看,天也在流泪呢。"李清照自言自语,却有更多的泪水流出来,一滴滴落入酒杯中。她便举起杯,将那掺着苦涩泪水的酒一饮而尽。

朦胧之中,李清照清瘦的身形显现在窗前,一连饮了几杯,她还觉得手脚冰凉,可又不愿离开窗户添件衣裳。她就一直坐在那里,怕中断与赵明诚在心中的对话,又怕忆起太多的往事,令她更加伤心。然而风不停、雨不住,半世的坎坷、半世的孤独没有尽头,那乍暖还寒的季节、似曾相识的大雁、堆积满地的黄花,还有那缠绵的、没有尽头的秋雨……无一不令人触景伤怀,牵动愁丝。于是,李清照用心写下一首《声声慢》:

> 寻寻觅觅,冷冷清清,凄凄惨惨戚戚。乍暖还寒时候,最难将息。三杯两盏淡酒,怎敌他、晚来风急!雁过也,正伤心,却是旧时相识。

满地黄花堆积,憔悴损,如今有谁堪摘?守着窗儿,独自怎生得黑!梧桐更兼细雨,到黄昏,点点滴滴。这次第,怎一个愁字了得!

是啊,"三杯两盏淡酒"敌不住"晚来风急",更难敌满心愁云、半世沧桑。

翠水瀛壶人不到

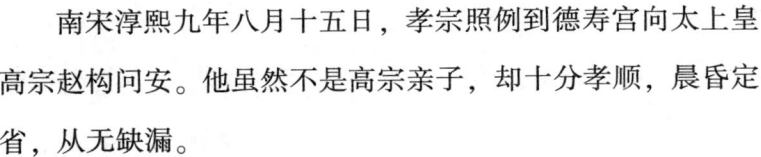

南宋淳熙九年八月十五日,孝宗照例到德寿宫向太上皇高宗赵构问安。他虽然不是高宗亲子,却十分孝顺,晨昏定省,从无缺漏。

赵构留他吃了早饭,又道:"今天是中秋,天气又晴朗,夜里必定有好月色,不如留下赏过月再走。"

孝宗谨遵其旨,晚上在香远堂开宴。香远堂东边有个万岁桥,长六丈多,是用已死的名将吴严磷进贡的玉石砌成的。桥栏雕镂工巧,莹澈可爱;桥中心的四面亭是用新罗出产的楼木建造的,极为雅洁;桥下大池面积有十多亩,满种千叶白莲,香远堂之名就是由此而得,取北宋周敦颐《爱莲说》中"香远益清"句意。亭中所有的几榻、屏风、酒具,都是用水晶制成。南岸列开五十名女童,演奏清雅的音乐;北岸芙蓉冈一带则是教坊乐工,约有二百人,等到圆月初上,箫声琴瑟声齐响,缥缈轻扬,彼此呼应,令人恍若置身云间。

赵构和孝宗入座之时,乐声暂停。赵构传召善于吹笙的刘贵妃,命她用白玉笙独吹《霓裳中序》,孝宗亲自执玉杯,为太上皇和太皇太后祝酒,又赏赐给刘贵妃垒金嵌宝注碗杯柈等珍奇宝物,并吩咐侍宴群臣填词助兴。

此情此景,令陪侍御宴的曾觌不觉想起了远在千里之外的故都汴梁,那是他的故乡。他十八岁时随高宗南迁,一别汴梁就是四十三年,直到十二年前奉命出使金国,才得重见故土——

少年的记忆中,汴梁太平日久,人物繁阜,举目则青楼画阁,绣户珠帘,金翠耀目,罗绮飘香;天街御路上雕车宝马竞相驰逐,柳陌花衢中新声巧笑不绝于耳,一派盛世风光。

重回故都,少年已是白发萧然,垂垂老矣。昔日的歌舞繁华场,早已在战乱中化为一片断井颓垣,映入眼帘的唯有漠漠寒烟和瑟瑟冷风中飘飞的蓬草,雕栏玉砌犹在,旧时朝堂却早已渺无人迹。苍茫的暮色中,萧瑟的寒风里,只有声声悲吟的寒笳惊起塞雁高飞。

曾觌怆然感伤。奉命出使金国,称贺正旦,对原本是东都故老亲历国亡家破之悲的曾觌来说,感受的唯有屈辱与惨痛,汴梁的巨变更激起他的黍离之悲,促使他写下了一首《金人捧露盘》:

记神京，繁华地，旧游踪。正御沟、春水溶溶。平康巷陌，绣鞍金勒跃青骢。解衣沽酒醉弦管，柳绿花红。

　　到如今，余霜鬓，嗟前事，梦魂中。但寒烟、满目飞蓬。雕栏玉砌，空锁三十六离宫。寒笳惊起暮天雁，寂寞东风。

　　现在临安又是一派承平气象，曾觌不能不怀疑这种承平能维持多久，完颜亮南侵虽然失败，金人却依然对繁盛的江南虎视眈眈，一个接一个的屈辱和议和巨额岁贡也满足不了他们的无底贪壑。

　　然而，曾觌不敢公然表露自己对时局的不满，他虽然位居高官，做到开府仪同三司，又加少保、醴泉观使，政治上却无所作为，只是一个擅长奉旨填词的文学侍臣而已。

　　孝宗旨意刚下，曾觌立刻用心思索起来，很快写成一首《壶中天慢》，恭恭敬敬献上，呈请御览：

　　素飙扬碧，看天衢，稳送一轮明月。翠水瀛壶人不到，比似世间秋别。玉手瑶笙，一时同色。小按《霓裳》叠，天津桥上，有人偷记新阕。

　　当时谁幻银桥，阿瞒儿戏，一笑成痴绝。肯信群仙高宴处，移下水晶宫阙。云海尘清，山河影满，桂冷吹香雪。何劳玉斧，金瓯千古无缺。

不知是出于疏忽，还是出于迟钝，赵构并不觉得"金瓯千古无缺"触了忌讳，反而很高兴地道："从来咏月词没有人用过金瓯的典故，这首词可谓新奇。"送给曾觌一条金束带、一副紫番罗水晶注碗。孝宗见太上皇喜欢，也赐给曾觌宝盏、古香等物。

曾觌谢过恩，退回原位，心中十分感激皇恩，但当乐声又悠扬地飘散在夜空中时，他还是不出声地叹了口气……

济时有策从谁吐

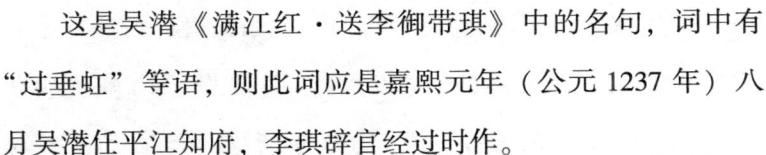

这是吴潜《满江红·送李御带琪》中的名句,词中有"过垂虹"等语,则此词应是嘉熙元年(公元1237年)八月吴潜任平江知府,李琪辞官经过时作。

吴潜,字毅夫,号履斋,他一生并没有做出什么轰轰烈烈、惊天动地的大事业,却不失为南宋后期一位忠直的爱国志士。

吴潜本是嘉定十年进士,金榜高中头名状元,他的仕途起初很顺利,淳祐年间官至左丞相,其兄吴渊也在朝中任职,兄弟二人奖掖后进,很受士人拥护。吴潜自己也擅长诗词,常与当时著名诗人词人唱酬。

这时贾贵妃的弟弟贾似道任同枢密院事,深得理宗宠信。贾似道深恶吴潜位居己上,于是假造谣言,买通宫中内侍告诉理宗,歌谣唱道:"大蜈蚣,小蜈蚣,尽是人间业毒虫。贪缘攀附有百足,若使飞天便食龙。"理宗不解其意,

问贾似道:"此谣如何解释?"贾似道回答道:"自古街坊小孩子唱的歌谣,都是出自天意,预示人间吉凶,不可大意。'蜈'与'吴'同音,依臣看来,一定是指吴潜兄弟专权乱国,危害朝廷,不如罢免他的职务,另选贤能。"

理宗听信贾似道,便罢免吴潜,任用贾似道为相。

吴潜闲居在家,以诗词自遣。南宋最著名的词人之一吴文英曾写下一首《金缕曲·陪履斋先生沧浪看梅》,词中有句"后不如今今非昔,两无言、相对沧浪水。怀此恨,寄残醉"。宛陵知县刘震孙也长于诗词,常与吴潜同游。后来刘震孙离任,吴潜为他饯行,刘震孙即席写了一首《摸鱼儿》,末句说:"怕绿野堂边,刘郎去后,谁伴老裴度。"吴潜读之落泪。刘震孙走后,吴潜写了一首和词,派仆人追上去送给刘震孙,并附了一只装有"精金百星"的小箱子(《齐东野语》)。

这些事传到贾似道耳中,他大为恼恨,于是再次进谗构陷,吴潜遂被安置循州。

公道自在人心,贾似道虽然权势熏天,炙手可热,毕竟有人不肯阿附。广东提点刑狱陈宗礼风操峻肃,到循州视察时,与吴潜唱酬,写下"山川半为蛮烟累,人物多从谪籍香"之句。贾似道得知大怒,一面指使监察御史虞虑劾奏陈宗礼党附吴潜,谤讪时政,移送永州居住;一面派人吩咐循州知州刘宗申,要他严密监视吴潜,寻瑕觅疵,吴潜被逼不过，终于服毒而死。

理宗死后，贾似道扶立度宗，官拜太师，贵盛无比。贾似道每次上朝参拜，度宗必定答拜，退朝还起立目送。贾似道一味享乐，聚敛财富，襄阳被围五年之久，始终无一卒一粮之援，终于被迫降元。

吴潜死后十五年，恭帝已即位，谢太后临朝摄政。其时元军大举南下，宋军全线崩溃，在朝臣的再三要求下，谢太后不得已把贾似道一贬再贬，最后贬为高州团练使，循州安置，与十年前受他迫害的吴潜走上同一条路。有人在墙上题词云："去年秋，今年秋，湖上人家乐复忧。西湖依旧流。吴循州，贾循州，十五年间一转头。人生放下休。"贾似道一生以文字狱害人无数，此时受人揶揄，却已无可奈何。

八月，贾似道行至漳州木绵庵，监押官郑虎臣示意让他自尽。贾似道贪生怕死，不能自裁，于是郑虎臣将他处死。在此同时，诛贾似道的诏命也已下达。漳州太守赵分如是贾似道旧时门客，收殓贾似道尸体埋葬后，写了一篇短短的祭文道："呜呼！履斋死蜀，死于宗申；先生死闽，死于虎臣。哀哉，尚飨！"

吴潜存词不少，其中以三首《满江红》较为著名，均多感慨，如"岁月无多人易老，乾坤虽大愁难着"（《豫章滕王阁》），"抖擞一春尘土债，悲凉万古英雄迹"（《金陵乌衣园》），而《满江红·送李御带琪》尤为佳构，全词如下：

红玉阶前，问何事、翩然引去？湖海上、一汀鸥鹭，半帆烟雨。报国无门空自怨，济时有策从谁吐？过垂虹、亭下系扁舟，鲈堪煮。

拼一醉，留君住。歌一曲，送君路。遍江南江北，欲归何处？世事悠悠浑未了，年光冉冉今如许！试举头、一笑问青天，天无语。

当时吴潜自然不可能预料后事，但对国家的关心，已使他敏感察觉到前途堪虞。吴潜主张加强战守之备以御元军，对朝廷的苟且偷安深表忧虑；虽然他并没有做出什么成就，但比起在他之前和同时为相的史弥远、丁大全、贾似道诸人，吴潜不失为一位忠直之士。他的悲剧结局最后预言了南宋小朝廷已不可避免的覆亡命运。

折得梅花独自看

夜色渐深,白天的酷热已经散尽,反而有一丝微微的凉意。月亮渐渐升起,将梅树的影子投射在窗纸上。风来的时候,树影轻摇,仿佛在对微风吐露心声。

潘牥静静地躺在床上,病痛暂时消失,但他明白这只是暂时的平静;从大夫的态度,从旁人的眼光,他知道自己不会再有多少时间,甚至,不会再见到梅花了。

想到梅花,他就想起自己最得意的那阕《南乡子》:

生怕倚栏干,阁下溪声阁外山。唯有旧时山共水,依然,暮雨朝云去不还。

应是蹑飞鸾,月下时时整佩环。月又渐低霜又下,更阑,折得梅花独自看。

生怕、唯有、去不还、独自看,似乎从那么早起,他就

预料到自己这一生将在孤独寂寞与不被人理解中度过——

可是当年,年纪轻轻高中进士第三名的他,又是何等踌躇满志,真有"一日看尽长安花"的快意,"探花潘郎"之名,谁人不知,谁人不晓。

也就是那时,他遇到了她,一个身世孤苦飘零却聪颖灵慧、才气不凡的女子。她不但画得一手好墨竹,而且擅长草书,虽然沦落乐籍,却不甘心屈从命运。正是这一点才华与孤傲吸引了潘牥,他用词句道出自己的心意:"玉带悬鱼、黄金铸印,侯封万户。待从头,缴纳君王,觅取爱卿归去。"他期待着功成身退,与她携手游遍天下名胜的那一天。

可惜好景不长,不久御史蒋岘弹劾方大琮、刘克庄、王迈倡导异论;潘牥也因为几次直言上奏而遭到牵连,几经贬谪,最后成了一个官职卑微、地位低下的潭州通判。而她,也被一个有权势的人带走。当他赶去的时候,早已是人去楼空,只留给他无限惆怅与相思。

那一夜是他一生中最寒冷的一个冬夜,月光照在梅花上,飞霜寒气逼人,他独自徘徊月下,昔日曾与伊人朝暮共赏的山山水水依然如旧,物是人非,怎不令人黯然伤情。青山流水,历劫不变,挚爱之人却永远不会再回来。恍惚中,他仿佛听见环佩叮当,几乎疑心是她乘鸾冉冉而下,来与他共诉相思之情。

芳魂杳杳,月已西沉,潘牥还是无法归寝。世间唯有情难舍，往事历历在心，看见梅花，就想起昔时与伊人折梅共看，她低声吟咏着前人佳句："忆梅下西洲，折梅寄江北……"神态娇柔可爱，而现在他纵然折下梅花，也无路可寄，只有独自一人赏鉴它的韵秀姿质、高洁品格。感伤中，他写下了那阕《南乡子》。

政治与爱情上的双重打击并没有使潘纺变得消沉和萎靡不振，而使他更加疏狂豪放，跌宕不羁。他每天喝得大醉，骑着一头黄牛，招摇过市，口中还高歌《离骚》，不懂事的孩子们跟在后面看热闹，大人们指指点点，都觉得他有些发疯。

潘纺不是不知道人们把自己当作话柄议论嘲笑，但他毫不在乎，甚至困于病榻、沉疴难起时，他对自己的所作所为也没有半点懊悔，包括那次使他大病不起的惊人之举——

那是一个炎热的夏天，同僚们个个汗如雨下，潘纺忽然提议道："天这么热，不如带上酒菜，到瀑布边上喝酒如何？"

"好主意！"人们纷纷赞成，顿时活跃起来。

瀑布飞流直下，冲击岩石，水珠迸射，在阳光下折射出七彩光芒，不时溅在人身上，顿觉暑气消退了许多。

酒过数巡，有人建议道："喝闷酒没意思，我们行个酒令吧。"

"射覆怎样？"

"不好，太闷了，不如猜拳。"

"不雅不雅，还是击鼓传花吧。"

"这些都太老套了,"潘牥灵机一动,"我倒有个主意,谁能到瀑布下面站一会儿,同时还能吟咏诗篇,大家都要拜一拜他。"

众人面面相觑,忍不住低声议论:"这个办法太危险了,他怎么总是想出这些稀奇古怪的主意。"

"这个人本来就稀奇古怪,"说话的人轻声笑道,"名字也稀奇古怪,还有一段稀奇古怪的来历呢。"

"名字还有来历?"

"是啊,他本来叫潘公筠,后来奉诏乞灵南台神,夜里梦见有人递给他一只方形牛头,从此改名潘牥。"

"稀奇古怪的人,做的梦也这么稀奇古怪、与众不同,幸好没有第二个人跟他一样,否则……"

潘牥不耐烦问道:"怎么?没有人敢试一试吗?又不是上刀山下火海,怕什么?"

"那你为什么不去?"

"是啊,既然是你提出来的,当然该你先去,你是不是不敢?"

"不敢?"潘牥被激怒了,酒力上涌,豪气勃发,"笑话,天底下没有我不敢做的事。"

说完,他立刻摘下头巾,把头发分开绾好,脱去外衣。

"算了,"有人劝阻道,"何必赌一时之气,伤身子可不是玩的。"

"别管他，"也有人巴不得潘牥出怪露丑，"他爱逞能，就由他去。"

潘牥对这些话概不理睬，脱下外衣，便沿着涧石往下走去，水花纷纷溅在他身上，很快就湿透了。瀑布的轰鸣声震耳欲聋，湍急的水流冲得他几乎站不住脚。

"沧浪之水清兮，可以濯我缨；沧浪之水浊兮，可以濯我足……"

高歌之声从瀑布底下传出，岸上的人们更加认定他是个疯子。

"哄哄他算了，"老成持重的人道，"否则他在里面不肯出来，大家都不好办。"

人们都觉得有理，于是纷纷拜了下去。

潘牥放声大笑，摇摇晃晃走回岸上，人们围着他假装惊叹："了不起！"

"我们无论如何也比不了！"

潘牥感到十分痛快，但随即一阵剧烈的头痛突然来临。

回到寓所，潘牥就病倒了，而且再也没起来。在最后的时日中，他想到了人生许许多多得意或是失意、美丽或是惆怅的往事。

他所不知道的是，在他垂危之际，丞相游侣正读到他的奏章而大为欣赏，准备提拔重用他。然而，调令尚未下达，死讯已经传来。

是落红带愁流处

　　春雨下得正细，如烟如雾，掩映得四下一片朦胧恍惚，若有若无。

　　正是乍暖还寒的时节，新绿初生。柳枝在细雨迷蒙中静静低垂，园中的花朵偶然有一两朵离枝飘落。

　　微风中一对燕子轻捷地飞过，快速拂过花枝，消失在远处。

　　史达祖放下笔，欢快地呼出一口长气，推开窗户，正好看见一位朋友向这边走过来。

　　"李兄，"史达祖惊喜地迎出去，"这真是'最难风雨故人来'了。"

　　李生没有回答，只是淡淡一笑。

　　"你好像有什么心事？"史达祖敏感地察觉出来，"我能帮忙吗？"

　　他语气中的关切很真诚，但后一句微带自负之意。李生微微皱眉,道:"没什么大事,只是又有两位朋友同我绝交了。"

史达祖诧异地问道:"为什么?"

李生停住脚步,看了他一会儿,道:"因为我和你交游。"

"和我交游怎么了?"史达祖越发不解。

李生道:"你真不明白?那我告诉你,韩侂胄太倚重你了,而他的名声……"

他没有说下去,但言下之意十分明显。史达祖默然片刻,道:"士为知己者死,我进士不中,得韩平章如此信任重用,也就顾不了许多了。"

李生也不再说,两人走进屋里,李生见桌上放着一纸词笺,墨迹尚未干,问道:"是你的新作?"

史达祖道:"还望李兄雅正。"

李生读道:

绮罗香·咏春雨

做冷欺花,将烟困柳,千里偷催春暮。尽日冥迷,愁里欲飞还住。惊粉重、蝶宿西园,喜泥润、燕归南浦。最妨他、佳约风流,钿车不到杜陵路。

沉沉江上望极,还被春潮晚急,难寻官渡。隐约遥峰,和泪谢娘眉妩。临断岸、新绿生时,是落红、带愁

流处。记当日、门掩梨花,剪灯深夜语。

"好词,"李生赞道,"形容尽致而又不黏滞,'临断岸'两句尤为奇秀,不过'花'字、'里'字、'春'字、'日'字、'愁'字都重复用了,未免美中不足。"

史达祖点头沉吟,想着有无修正之法。

"而且,"李生顿了一顿,道,"这种闲词,写与不写,好与不好,都没什么区别。我倒以为你那年陪节使金时的几首词更好,你在《龙吟曲》中说:'楚江南,每为神州未复,栏干静,慵登眺。'现在却只管写些春花春草、春雨春燕……"

"老子岂无经世术,诗人不预平边策,"史达祖也引自己的旧词作答,"你难道要我上战场冲杀吗?"

"至少你可以洁身自爱。"李生尖锐地说道,"韩侂胄排挤忠良,独擅朝政,士大夫怨声载道。他所有重要文字都出自你手,你甚至代他拟定圣旨,韩平章终究会有失势的一天,到那时你岂不是太危险了吗?"

史达祖颇有深意地一笑,道:"这你不必担心,不久之后,韩平章的声望便如日中天,人人称誉不及。"

"为什么?"

史达祖压低声音,道:"你别说出去——韩侂胄已决意北伐。"

李生吃了一惊，道："太冒险了吧？目下国力未复，军心不稳，轻易兴兵，恐怕不妥。"

　　史达祖道："此时金国内乱不断，机不可失，如果能收复故土……"

　　李生暗暗摇头，深觉前程未可乐观。

　　北伐终遭失败，杨太后与史弥远合谋杀害韩侂胄，函首送往金营求和，史达祖也因与韩侂胄的关系被流放。韩侂胄入《宋史·奸臣传》，史达祖也以"阿附权奸"之名为后人所鄙视。在词史上，人们也往往只记得他那些清逸奇秀的咏物词，而忘了那些怀念故国、希望恢复神州的抒怀之作。生前身后，都被误解，正是史达祖的悲剧所在。

万户侯何足道哉

左金虎，右玉井，铜雀台巍然矗立，气势非凡，与宝钗楼的工巧秀丽截然相反，却各有千秋，难分轩轾。

登台凭栏远眺，漳水迂回流过，大风起处，吹得衣襟拂动，令人胸怀大畅。刘克庄满心喜悦，对身边的方孚若道："想不到我们竟然还有能登上铜雀台、饱览河山的一天。"

方孚若豪气飞扬，举杯道："来，为天下英雄干一杯！"

满座的宾客一齐举杯，一饮而尽。

这时厨人又送上用东海大鱼切成细片的"鲸脍"，味道美味无比。马夫又来报，说他们刚找到一匹好马，产自遥远的西方大宛，其骏健可与上古传说中的穆王八骏相比，仿佛是天龙降在人间。

为宴会助兴的画鼓声响了起来，像千军万马奔驰，又像春雷滚过，震动大地。刘克庄酒兴酣然，举杯高吟："天下英雄，使君与操而已……"

屋外的公鸡突然高声啼叫起来，霎时间，铜雀台、方孚若、鲸胶龙媒……全都消失得无影无踪。

刘克庄睁开眼睛，愣了一会儿，仍不愿相信刚才只是一场美梦，但他心里明白，方孚若已经去世二十多年，再也不可能与他同登宝钗楼，共访铜雀台了——

方孚若名信孺，是刘克庄的同乡，又是他志同道合的朋友，在仕途上也同样是坎坷不得志。他曾奉命出使金国，那时正值韩侂胄伐金失败，金人气焰嚣张，提出的条件极为苛刻，方孚若据理力争，坚决拒绝。金人以白刃环守，断绝饮食，威胁说："你不想活着回去吗？"方孚若回答道："我奉命出使时，已经将生死置之度外了。"金人又胁迫说："如果不答应，丞相准备把你留下来。"方孚若回答："留下是死，辜负使命也是死，不如死在这里。"后来宋朝改派王枏为使，每次两国会见，金人必定问方孚若在哪里。方孚若为人豪爽，视金帛如粪土，所到之处从者如云。卒时年仅四十六岁。

刘克庄披衣而起，徘徊中庭，怀念良友的同时，不能不想到国势。韩侂胄虽然专权独断，不听忠言，以致伐金失败，但毕竟还有志北伐，不满足于苟安江南。自他被杀以取悦金人之后，便再也无人提起"北伐"二字，代之而起的权相史弥远对外一味苟安，对金人的无理要求一概答应，对内则专横跋扈，贪财纳贿，无所不用其权，又怕士人非议，事事猜忌。

到了宁宗晚年，皇子赵询身亡，于是立宗室子赵竑为皇

子。赵竑对史弥远专权极为不满,史弥远早有所知,等宁宗驾崩,便勾结杨皇后立赵昀为帝,即理宗,改封赵竑为济王。这场瞒天过海的"调包案"激怒了江湖义士。宝庆元年(公元1225年),潘壬、潘丙兄弟把赵竑劫持到湖州官衙,逼他黄袍加身,赵竑不得已屈从。这件事不久便被官军平息,史弥远派人逼赵竑自缢,追夺王爵,将他草草而葬,这就是有名的"霅川之变"。

济王的遭遇激起士大夫的同情和不平,史弥远将为济王申诉不平的官员,贬官的贬官,流放的流放,其中包括著名学者真德秀、魏了翁。

主子不容异议,走狗便四处嗅出"异味",右正言李知孝一向阿附史弥远,拿到一本《江湖集》,如获至宝,忙向史弥远献媚进谗。

《江湖集》是临安有名的书商陈起刻印的一本诗集。陈起自己会写诗,与东南许多诗人交往密切,这些诗人多数是江湖布衣,人称"江湖派"。陈起征集他们的作品,刻印成《江湖集》,其意本在牟利,却不料惹下大祸。李知孝硬指其中许多诗句"谤讪",如刘克庄"不是朱三能跋扈,只缘郑五欠经纶"(《黄巢战场》),"东风谬掌花权柄,却忌孤高不主张"(《落梅》);敖陶孙"梧桐秋雨皇子府,杨柳春风丞相桥"(诗题不详);曾极"九十日春晴景少,一千年事乱时多"(《春》)。

李知孝参劾这些诗句影射济王事以讥讽史弥远，于是书版遭毁，陈起流配，刘克庄、敖陶孙、曾极等人同时获罪，曾极最后死于流配地舂陵。此案之后，官府明令禁诗。

刘克庄因这场诗案沉废多年，但他并不屈服。史弥远死后，他被重新起用，便写下了一首诗："梦得因桃数左迁，长源为柳忤当权。幸然不识桃并柳，却被梅花累十年。"隐然以曾因文字得祸的唐代刘禹锡和李泌自喻。李泌历事四朝，为唐代一位十分特殊的"白衣名相"；刘禹锡则是因诗被贬，召还后又写诗，再度被贬，及至召还，还是写诗讥讽，始终不屈。刘克庄在历代数不胜数的文字狱中引此二典，自是有其深意。

刘克庄虽然被起用，但国事并无好转，人才凋零，旧日朋友散的散，死的死，刘克庄凄凉感旧，不免夜有所梦。

梦醒之后，面对冷酷无情的现实，刘克庄感慨万千，用词的形式记下了这场梦，也使千载之后，人们得以读到这曲壮怀激烈的悲歌——《沁园春·梦孚若》：

何处相逢？登宝钗楼，访铜雀台。唤厨人斫就，东溟鲸脍，圉人呈罢，西极龙媒。天下英雄，使君与操，余子谁堪共酒杯？车千乘，载燕南赵北，剑客奇才。

饮酣画鼓如雷，谁信被晨鸡轻唤回。叹年光过尽，功名未立；书生老去，机会方来。使李将军，遇高皇帝，万户侯何足道哉！披衣起，但凄凉感旧，慷慨生哀！

水空天阔恨东风

南宋祥兴二年，己卯（元至元十六年）。

驿馆风清月冷，昔年"商女不知亡国恨，隔江犹唱《后庭花》"的金陵城仿佛也终于看厌了亡国之恨，四下一片沉寂。

驿馆内外满布元兵，手持兵器，如临大敌，警戒十分森严。不知情的人也许会以为他们在准备出征，殊不知他们其实只是在看守两名手无寸铁的俘虏。

隔座无言相对的是南宋丞相文天祥和他的同乡好友邓剡。祥兴元年十二月，文天祥兵败被俘之后不久，崖山被攻破，陆秀夫背负宋帝赵昺蹈海自尽，邓剡跳海未死也被俘，两人被囚禁在一起。元将张弘范派人将他们一同押往元都，一路上该说的话都说过了，此刻只有刻骨铭心的亡国之痛萦回心头，两个人谁都不愿先提这件伤心之事。

邓剡终于先打破沉默，低沉地道："履善兄，我今天看到你在墙上题了一首诗。"

文天祥轻叹一声，没有说什么，他本字宋瑞，又字履善；邓剡本来习惯称他"宋瑞"，但在国破家亡之后，"宋瑞"二字简直是令人难以忍受的嘲讽，因此邓剡已改了称呼。

"山河风景原无异，城郭人民半已非。"邓剡低吟诗中的句子，不觉也叹了口气，道，"好诗，读之令人伤心。"

"我对这首诗不太满意，太抑郁了，"文天祥道，"写了这么多诗词，我自己喜欢的是那首《沁园春》。"

"是题潮阳张巡许远庙那首吗？"邓剡道，"那首词传得很广，我还记得下片是'人生翕歘云亡。好轰轰烈烈做一场。使当时卖国，甘心降虏，受人唾骂，安得流芳。古庙幽沉，义容俨雅，枯木寒鸦几夕阳。邮亭下，有奸雄过此，仔细思量'。——你也算是轰轰烈烈做了一场，虽然不成，也可无愧于列祖列宗了。"

"可恨陈宜中误国，"文天祥不禁想起旧事，怒气顿生，"当时我与张世杰力主坚守临安，如果不是他阻挠，临安不失，北兵岂能如此顺利南下？"

邓剡道："算了，以往之事，不必再提。误国的又岂止陈宜中一人，自高宗南渡，秦桧、韩侂胄、史弥远、丁大全、贾似道……哪一个不误国？你还记得留梦炎吗？"

"在学士院共过事，"文天祥道，"他也殉难了？"

"殉难?!"邓剡不禁冷笑一声,"可惜一位状元宰相,现在是大元朝的礼部尚书、翰林学士承旨,好不得意。"

出乎邓剡意料,文天祥听了之后,并没有怎样愤怒,只冷冷地道:"这不奇怪,蝇营狗苟之辈,何朝无之。贾似道擅权之时,留梦炎便阿谀迎合,现在自然也会见风使舵,这种卑鄙小人,不足挂齿。"

邓剡道:"你呢?仍然不改初衷?"

文天祥淡然道:"不过一死而已,这两年我在生死之间已不知打了多少次来回,早将生死置之度外。我与留梦炎先后为状元,先后为宰相,却绝不会与他先后降敌,千秋万代,永远不会有人能把我的名字和他的放在一起。"

他说得斩钉截铁,毫不犹豫。邓剡沉默了一会儿,关切地问道:"嫂夫人和侄儿、侄女们不知怎样了?到了大都,或许会有消息。"

文天祥道:"覆巢之下,焉有完卵?我也顾不了他们了。连宗室宫嫔都被迫北行,他们又岂能幸免?"

邓剡道:"何止宗室宫嫔,连恭帝和谢太后……"

文天祥截住他的话道:"不提谢太后也罢,自古以来,以太后之尊写表求降的,她恐怕要算第一人呢。"

邓剡默然许久,又振作一下,道:"你的新作'颈联道,满地芦花和我老,旧家燕子傍谁飞',这倒勾起我的词思来,写成一首《唐多令》。"

文天祥很感兴趣，忙道："快读来，我洗耳恭听。"

邓剡吟道："雨过水明霞，潮回岸带沙。叶声寒，飞透窗纱。堪恨西风吹世换，更随我，落天涯。寂寞古豪华，乌衣日又斜。说兴亡，燕入谁家？唯有南来无数雁，和明月，宿芦花。"

文天祥低叹道："'旧时王谢堂前燕，飞入寻常百姓家'化用得好。"

邓剡道："这些不过是雕虫小技而已。履善兄，我最佩服你的是诗词，你竟能写成不朽之言，你的'人生自古谁无死，留取丹心照汗青'，其间意气，真非笔墨所能容纳。"

文天祥道："我只是抒怀而已，你太过奖了。"

邓剡摇了摇头，欲言又止。

文天祥敏感地道："你好像有什么心事？"

邓剡犹豫了一下，道："履善兄，你如此赴死如归，是否觉得我这次留下求医，太贪生怕死了？"

文天祥沉吟一下，道："活着总是件好事，有病求医，也是理所当然的事，你又何必太介意呢。"

邓剡稍感宽慰，道："可惜我不能与你一同北上了。"

文天祥和邓剡都明白，这一分手，今生恐怕再也没有相见之时，一阵依依不舍的别情同时涌上二人心头。文天祥不禁想起前朝苏东坡那首豪放激昂的《念奴娇·赤壁怀古》，于是步和原韵，以一首《大江东去·驿中言别友人》抒发自己慷慨悲愤的感情：

水空天阔，恨东风、不惜世间英物。蜀鸟吴花残照里，忍见荒城颓壁。铜雀春情，金人秋泪，此恨凭谁雪？堂堂剑气，斗牛空认奇杰。

那信江海余生，南行万里，属扁舟齐发。正为鸥盟留醉眼，细看涛生云灭。睨柱吞嬴，回旗走懿，千古冲冠发。伴人无寐，秦淮应是孤月。

文天祥北抵大都，被囚四年。元世祖派人百般劝降，文天祥始终不屈。一些南宋降官联名上书元世祖，请释文天祥为道士。有人劝留梦炎也参加十人联名上书，留梦炎竟回答说："天祥出，复号召江南，置吾十人于何地！"并向元世祖建议杀文天祥，终致文天祥被害。邓剡则没有死，张弘范请他当自己儿子的老师，后来释放了他。邓剡虽未殉国，但也始终没有入仕元朝。

余生自负澄清志

　　五月的西湖，两岸绿草如茵，鲜花竞放，游人如织，往来不绝。鸟儿们也好像感受到春光的美好，放开歌喉，呼朋引类，啼鸣得格外清脆婉转。

　　湖上的游船一只只雕梁彩绘，荡漾于湖光山色之间。湖水碧绿澄澈，一望无际，上下空明，水天一色，清风时来，微动涟漪，令人心旷神怡。

　　在众多游船中，有一条船格外引人注目。它不但宽敞舒适，而且装饰豪华，高亢优美的乐声从船上传出，同时还伴着船中人们的欢声笑语、觥筹交错之声，一船人仿佛个个志得意满，兴高采烈。

　　"这一船是什么人？"有人向旁人打听。

　　"新科进士，"回答者半是羡慕半是嫉妒，"昨天刚赴了御宴，今天来游西湖。"

　　船中进士们频频举杯，你斟我劝，行令助兴，开怀畅

饮，仿佛这世上再也没有什么使人不快的事。

一片笑语喧哗声中，有一个人却独自站在船边，倚舷眺望远处，显得有些郁郁寡欢，与船上的热闹气氛格格不入。

"时学兄，"一名进士半带醉意地过来，叫着文及翁的字，笑道，"满座皆欢，一人向隅，所为何来？"

他故意咬文嚼字，引得旁边几个人都笑了起来，他更加得意，拖着长声道："莫不是——'忽见陌头杨柳色，悔教夫婿觅封侯'……"

人们笑得更厉害了，文及翁皱了皱眉头，没有理他。离家多时，他的确思念远在西蜀绵州的妻子，但此时，使他心情沉重的却是这"暖风熏得游人醉"的美丽风光。

"画船载酒西湖好，急管繁弦，玉盏催传，稳泛平波……任醉眠……"

一名进士大概是喝得太多了，忘乎所以地引吭高歌，众人哄然大笑。

"快看！"

游船和另一条载满歌妓的游船擦舷而过，进士们指指点点，评论歌妓们的容貌衣饰。

文及翁心中油然升起一股愤懑之意，河山半壁，偏安江南，可是从上到下，人人安于现状，及时行乐，只要元人不来进攻，也就心满意足。大江以北的千里故国早被遗忘，江南守边御敌的艰苦也无人关心。

"'三秋桂子,十里荷花',"一名杭州进士自豪地道,"柳耆卿虽然有时未免不登大雅之堂,这两句倒还不错。人称西湖是天下第一美景,端的有理,时学兄以为如何?"

从礼貌上说,文及翁应该对他的话表示赞成,但他仍沉浸在刚才愤怒沉郁的情绪中,忍不住冲口而出:"有理,只可惜我不是那乐不思蜀的刘阿斗!"

"什么?"那名进士根本没有听出他言外之意,争辩道,"西蜀有什么好,怎比得西湖?白香山有诗云:'未能抛得杭州去,一半勾留是此湖。'本朝苏眉山道'西湖天下景'……"

文及翁深深叹了口气,深觉话不投机半句多。

那进士又唠唠叨叨地背出许多前人咏赞西湖的诗词,最后随手指着船外,道:"山清水碧,仕女如云,西蜀难道有如此美景吗?"

一句话激发了文及翁胸中不平之气。新科进士出游,纸墨笔砚都是现成的,文及翁两步走到桌边,略一沉吟,走笔如飞,写下了一首《贺新凉·游西湖有感》:

一勺西湖水。渡江来、百年歌舞,百年酣醉。回首洛阳花石尽,烟渺黍离之地,更不复、新亭堕泪。簇乐红妆摇画舫,问中流、击楫谁人是?千古恨,几时洗?

余生自负澄清志。更有谁、磻溪未遇,傅岩未起?国事如今谁倚仗?衣带一江而已。便都道、江神堪恃。

借问孤山林处士，但掉头、笑指梅花蕊。天下事，可知矣！

他写的时候，进士们都围上来看，却谁也没有说话。这首词纵论国事，悲慨淋漓的情怀一望即知。上片抚今追昔，下片述志论政。金榜题名虽然被人艳羡，但想要朝廷改弦更张，起用贤才，一名进士还是太人微言轻了。

文及翁放下笔，不禁感慨丛生，西晋末年祖逖中流击楫、矢志北伐的誓言犹铮铮在耳，可是现在朝廷不思振作，士大夫安于享乐，自己纵有澄清天下之志，姜尚、傅说之才，又到哪里去找周文王和殷高宗这样的明君呢？

五十弦愁满湘云

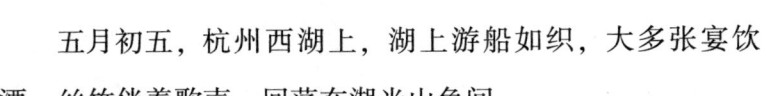

五月初五,杭州西湖上,湖上游船如织,大多张宴饮酒,丝竹伴着歌声,回荡在湖光山色间。

有一条船却与众不同,酒乐之外,壁上案上,满是书画卷轴,显然船上都是些文人雅士,一边游湖,一边评赏书画。

"子固所藏金石古物之多,实在令人羡慕。"主人周密称羡道。他所说的子固是南宋宗室赵孟坚。赵孟坚不但能诗善画,而且长于书法,他并不住在杭州,偶来做客,周密便约了一帮文友邀他游湖。

赵孟坚自豪地抚摸自己的藏品,笑而不答,这些金石名迹是他最珍惜的东西,不论走到哪里都全部带着;有时扁舟一叶,随风漂荡,满船都是书法古迹,只留下一席之地躺卧,随意观赏吟咏;自晨至昏,废寝忘食。人们称之为赵家书画船。

书画评赏一遍之后,人们的酒也喝得差不多了。赵孟坚已经半醉,他性情本来豪放不羁,醉后更是全无顾忌,旁若无人地脱下帽子，伸直双腿，把一壶酒浇在自己头上，纵情高歌，唱起《离骚》来。

人们相视而笑，知他向来狂宕，也不以为怪。

天色渐晚，薄薄的暮色笼罩了西湖，船从孤山旁掠过，山上树木繁茂，薄暮之中，宛如一幅淡墨山水。

人们正在观赏，赵孟坚突然瞪大眼睛，指着林木最盛之处，大叫道："这真是洪谷子、董北苑的得意笔法啊！"

叫声冲破暮色，旁边几十条船上的人们都投来惊奇的目光。

周密忍笑道："子固越来越不拘俗见了。"

另一人抱怨道："是啊，说了不算，算了不说，他许下一幅水墨水仙给我，这么久了也没画。"

赵孟坚虽在醉中，却听见了他的话，立刻叫道："子用，你不用急，我现在就画。"

子用大喜，忙清理桌案，替他铺好纸，磨好墨。赵孟坚提起笔来，便清醒了一些，画出一幅《水仙图》。

他用墨笔画了两株白描水仙，花叶不多，细如蚕丝、刚中有柔的线条勾出了水仙婀娜多姿的叶子和花瓣；用淡墨染出叶面，分出阴阳向背，把水仙迎风翻仰的姿态和带露含香的清姿秀骨，刻画得淋漓尽致。

一片叹赏声中，赵孟坚反而谦虚起来，道："许久不画，太拙劣了，诸君求之于形似之外可也。"

子用道:"如此好画,岂可无词题咏?还看草窗妙笔了。"

周密谦虚地道:"只怕拙笔有辱名画。"

众人不容分说,将他拥到桌旁,把笔塞在他手里。

周密本是一代名士,才气超人,微一沉吟,便写下了一首《国香慢·赋子固凌波图》:

玉润金明,记曲屏小几,剪叶移根。经年汜人重见,瘦影娉婷。雨带风襟零落,步云冷、鹅笙吹春。相逢旧京洛,素靥尘缁,仙掌霜凝。

国香流落恨。正冰销翠薄,谁念遗簪。水天空远,应念矾弟梅兄,渺渺鱼波望极。五十弦愁满湘云,凄凉耿无语,梦入东风,雪尽江清。

周密本没想写得太感伤,可是一动笔间,悲苦苍凉的情绪便不可遏制地流露出来,亡国已是指股间事,他们虽然放浪于山水之间,可是人非太上,孰能无情?

子用勉强振作,道:"从来咏水仙没有人称为国香,草窗可谓独出心裁。"

周密道:"这是有出处的——"

一语未了,一只孤雁凄厉地长鸣着飞过,周密不觉住口,只听得山中林间乱鸦一齐叫了起来。

正霜鬓秋风尘染

岳珂（公元1183年~约1242年），字肃之，号亦斋，又号倦翁，汤阴人，居彰德，岳霖子。官至户部侍郎淮东总领，有惠政。嘉定年间，做《吁天辩诬录》五卷、《天定录》二卷为祖父岳飞证冤，著述甚多，传词八首。

岳珂年轻的时候，就已经初显才华，崭露头角，那是在抗金名将、大词人辛弃疾的一次宴会上——

辛弃疾是当时词坛领袖之一，与苏轼并称"苏辛"，名望倾动当世；但在仕途上，却因为力主抗战而受到主和派的排挤，只能闲居在家，偶然出任一些不重要的官职，心情自然不免抑郁。在守南徐时，他写下了一首《永遇乐》：

千古江山，英雄无觅，孙仲谋处。舞榭歌台，风流总被、雨打风吹去。斜阳草树，寻常巷陌，人道寄奴曾住。想当年，金戈铁马，气吞万里如虎。

元嘉草草，封狼居胥，赢得仓皇北顾。四十三年，望中犹记，烽火扬州路。可堪回首，佛狸祠下，一片神鸦社鼓，凭谁问：廉颇老矣，尚能饭否？

辛弃疾对这首词相当满意，于是下令大摆筵席，广邀嘉宾，想听一听别人的意见。辛弃疾一向喜欢这么做，他以前的一首得意之作《贺新郎》也多次在宴会上由歌女演唱，他还自己吟咏其中的两句警句："我见青山多妩媚，料青山见我应如是"和"不恨古人吾不见，恨古人不见吾狂耳"，并询问客人们认为怎样。

宴会如期举行，席间高朋满座，胜友如云。酒过三巡，辛弃疾命歌女唱起了这首《永遇乐》，自己击节相和。

这首词亦高昂，亦沉郁，慷慨与悲凉并见，惆怅与英磊兼起，确是一首不可多得的佳作，客人们都听得出了神。

歌女唱罢，辛弃疾逐一询问客人的看法，坚持要他们指出不足之处。也许是出于对主人的敬重，也许是出于世故和圆滑，也许是确实看不出瑕疵……客人们一一推谢，或是答以赞誉之词，直到问到了座中最年轻的客人岳珂面前。

辛弃疾已经有些疲倦，也不大相信这个年轻人能有什么惊人之见，但还是问道："岳相台以为老夫之词何处当加推敲？"

岳珂起身道："我才疏学浅，对您的大作岂敢妄加议论。

但既然承蒙下问，我也只好不自量力，说一点自己的浅薄之见。我觉得您以前写的那首《贺新郎》豪气超迈，冠绝一世，但前后两句警句有点相似。这首新作的《永遇乐》则令人觉得用典故稍微多些。"

"太狂妄了。"客人们窃窃私语，不以为然。

岳珂有点紧张，毕竟自己只是个无名晚辈，面对的却是当世词豪，自己是不是太不知天高地厚了？

辛弃疾却丝毫没有不悦之色，反而哈哈大笑，举起酒杯，向全体客人道："好，好，真是后生可畏，这两句话正是说中了我的老毛病，好，有眼力。来，大家为词坛又添英才一起干一杯！"

这件事给岳珂留下了很深印象，后来他又遇到了一件有些相似的事。

词人刘过，性情疏放豪宕，酒酣耳热之余，出语更加纵横无忌。辛弃疾听到他的名声，便派人来邀请他去见一见。刘过正好有事不能去，便模仿辛弃疾的风格写了一首《沁园春》寄去，他模仿得十分相似，辛弃疾一读之后，大为欣赏；再次派人相邀，刘过应邀前往，宴饮游玩了一个多月。辛弃疾送给他千缗巨资，刘过全都挥霍在酒上。辛弃疾毫不过问。

刘过对这段生活很是怀念，引以为自豪，那首《沁园春》更成为得意之作。在一次聚会中，他遇到了已经颇有些

名气的岳珂,便又吟咏起来。这首词是这样写的:

沁园春

斗酒彘肩,风雨渡江,岂不快哉!被香山居士,约林和靖,与坡仙老,驾勒吾回。坡谓西湖,正如西子,浓抹淡妆临镜台。二公者,皆掉头不顾,只管衔杯。

白云天竺去来,图画里、峥嵘楼观开。爱东西双涧,纵横水绕;两峰南北,高下云堆。逋曰不然,暗香浮动,争似孤山先探梅。须晴去,访稼轩未晚,且此徘徊。

刘过高声咏罢,捋着胡子,得意扬扬地看着岳珂,等他称赞。

岳珂对他的自鸣得意实在不大看得顺眼,何况这首词虽然写得不错,毕竟稍嫌粗率,远非完美。岳珂虽已不复昔日那么少年气盛,直言不讳的脾气却没有改,当即回答道:"词句固然很好,只可惜我没有灵丹妙药,能治阁下这种白日见鬼、说梦话的毛病。"

所有在座的人都哄然大笑起来,刘过默然。

岳珂不仅具有很高的艺术鉴赏力,而且自己的词也作得很好。岳珂的仕途还算顺利,然而国势衰颓,强敌压境,朝廷不思恢复,岳珂想像祖父那样轰轰烈烈做一番事业,却没有机会,空自年华流逝,白发渐生,心中感慨万千。

这一年岳珂任职淮东总领兼制置使,登览镇江城北北固山上的北固亭。北固亭地势险要,下临长江,自古是兵家必争之地,谢安曾驻军于此,辛弃疾的那首《永遇乐·千古江山》也是在这里写下的。岳珂登临之时,自然而然想起那些历史上的英雄人物,也想起辛弃疾的名作,想起自己少年时的雄心壮志,和老来的一事无成;极目北望,更不能不想起从淮河沿线到西北边陲的大散关,万里沙场仿佛一齐奔现眼前。岳珂感慨良多,写下了一首《祝英台近》:

  淡烟横,层雾敛,胜概分雄占。月下鸣榔,风急怒涛飐。关河无限清愁,不堪临鉴。正霜鬓、秋风尘染。

  漫登览,极目万里沙场,事业频看剑。古往今来,南北限天堑。倚楼谁弄新声,重城正掩。历历数、西州更点。

"正霜鬓、秋风尘染",何其苍凉,何等沉痛,正与他在《鹤林寺》一诗中所写的"未洗中原恨,谁消永日闲。西风动征隰,空愧鬓毛斑"如出同一机杼。从张元幹长叹"短发霜粘两鬓"(《水调歌头·追和》),到岳飞的"莫等闲,白了少年头"(《满江红·写怀》),陆游的"愁鬓点新霜"(《南乡子·赋归》),辛弃疾的"旌旗未卷头先白"

(《满江红·江行》),直至陈亮的"新著了,几茎华发"(《贺新郎·怀辛幼安》),刘克庄的"白发书生神州泪"(《贺新郎·九日》),几缕白发,总是勾起爱国词人们心中如许强烈的家国之悲。

我们不知道岳珂的确切卒年,但在他死后不久,最多不过三四十年,在风雨飘摇中苟延残喘百年的南宋小朝廷终于覆亡,无数仁人志士的心血与希望同归破灭。

红萼无言耿相忆

天色渐渐暗下来，雪下得更紧。姜夔独倚窗前，举目远眺，岸边景物已经有些模糊不清了。

一杯冒着热气的香茶轻轻放在他手边的小几上，姜夔心中感到一阵温暖，他不用回头，也知道是小红。

小红轻柔的声音在耳边响起："天有点冷，官人要不要加件衣服？"

"我不冷，"姜夔微笑着答道，"来，坐一会儿，你看这雪下得多大，真是难得一见。"

小红倚着他坐下，忽然惊喜地叫起来："看，那座桥多好看，简直像一道从天上垂到人间的彩虹。"

姜夔笑应道："这座桥的名字就叫作垂虹桥，好听不好听？"

小红道："好听。"叹了口气，又道："可惜今天下雪，如果有月亮，一定更美，更像彩虹。"

姜夔微微一笑，不禁想起了前人的名句：二十四桥明月夜，玉人何处教吹箫。

小红忽然起身走进里舱，很快又走出来，手中已多了一支洞箫。

好一个善解人意的女子，姜夔忍不住赞道："小红，古人云'冰雪聪明'，诚不我欺。"

小红羞红了脸，更显得娇艳动人。姜夔伸手接过洞箫，凑向唇边，轻轻吹出了几个音符，小红应着节拍，低声吟唱。

"有了，"姜夔蓦然脱口叫道，"小红，快替我磨墨。"

小红知道他一定是诗兴大发，忙开始研墨。姜夔诗思泉涌，等不及铺纸，提起笔来，蘸了墨，便向舱壁上写道："自作新词韵最娇，小红低唱我吹箫。曲终过尽松陵路，回首烟波十四桥。"

二十八个大字龙飞凤舞，一气呵成。姜夔放下笔，读了一遍，得意地说道："小红，你觉得怎么样？"

小红抿唇笑道："诗是好诗，可官人今天并没有作新词呀。"

姜夔道："我是指《暗香》《疏影》，这两首词还是我们的媒人呢。"

小红微笑道："官人这两首词，真是清新雅丽，必定可以流传千年，难怪范大人那么欣赏呢。"

姜夔微笑不答，只是拿起洞箫，吹出了那支他自己作曲的得意之作《暗香》。

美妙的乐声在薄暮的雪空中飘荡，小红清脆婉转的歌声随之响起，船头船尾的舟子艄公都听得痴了；船舱中的两人更沉浸在乐声中，油然忆起不久之前那一个也是下雪的傍晚。

那一天也是下雪，雪花若有若无地飘落，直到傍晚，地上才薄薄地积了一层，衬得满园梅花傲寒怒放，冰肌玉骨，铜干铁萼。

暖阁中灯火通明，宴会正进行得热闹。

客人只有一位，年纪三十岁出头。几名歌妓躲在屏风后窃窃私语：

"大人今天兴致真好，待会儿准又会让姜相公填两首新词。"

"大人一直特别欣赏姜相公的词，好不容易来一次，当然想让他多写几首。"

"不过姜相公的词确实写得好，不愧为当世名家，特别是配上我们小红的歌喉……嘻嘻，那真是珠联璧合。"

几个人都笑起来，小红却一点儿也没注意，她全神贯注地听着席上的动静，一心一意盼着主人快些提出要客人当筵作词。偏偏主人好像故意与她作对，只顾着谈天论地，劝酒干杯，一句也不提起诗词。

酒酣耳热，主人推开了窗户，一阵清新的冷空气扑面而来，姜夔深深吸了口气，望着窗外茂盛的梅花，由衷地赞道："梅花香自苦寒来，确是与众不同，标格独立。"

主人凝望梅花，沉郁地说道："零落成泥碾作尘，只有香如故。"

姜夔不禁黯然，他能够了解主人那份抑郁无奈的心情。作为胸怀壮志的一代重臣，却不得不赋闲家居，放情山水，纵然是被封为顺阳公，生活优裕，范成大的心情又怎么会开朗呢？而姜夔自己，名望地位都不能与之相比，这种不得志的抑郁就更为沉重了。

范成大振作一下精神，笑道："不管怎么说，老夫这一园梅花，敢夸江南罕有匹敌，正可供你大展才华。"

姜夔推辞道："还是不献丑吧，别辜负了梅花。"

范成大笑道："你要不写，才是辜负呢。"不容分说，便叫道："小红，研墨。"

小红应声而出，手中捧着一方满盛浓墨的端砚，范成大不由得笑道："你看，小红墨都研好了，你还好意思秘技自珍？"

姜夔实在提不起兴致，正要再度推辞，小红忽然抬起头来，迅速地溜了他一眼，又低下头，但只这一眼，目光中包含的期待、盼望已经令姜夔心头怦然一动。拒绝的话已到唇边，却缩了回去，词思同时涌起，他提笔蘸墨，写下了两首自创曲调的新词。

小红喜悦地看着他笔走龙蛇,作为一位名词人家中最出色的歌女,她懂得诗,也懂得词,因此一直敬慕这位当世著名词人。想不到这次主人会请他来住了一个多月,这段时间中,她多次看他当筵作词,对他的超然才气、洒脱胸襟更是大为倾倒。

姜夔填完新词,给小红讲了讲,小红迅速领悟。姜夔回到客座,小红顿开歌喉,唱出了日后脍炙人口的《暗香》《疏影》二词:

暗香

旧时月色,算几番照我,梅边吹笛?唤起玉人,不管清寒与攀摘。何逊而今渐老,都忘却、春风词笔。但怪得、竹外疏花,香冷入瑶席。

江国,正寂寂。叹寄与路遥,夜雪初积。翠尊易泣,红萼无言耿相忆。长记曾携手处,千树压、西湖寒碧。又片片吹尽也,几时见得?

疏影

苔枝缀玉,有翠禽小小,枝上同宿。客里相逢,篱角黄昏,无言自倚修竹。昭君不惯胡沙远,但暗忆、江南江北。想佩环、月夜归来,化作此花幽独。犹记深宫旧事，那人正垂里，飞近娥绿。莫似春风，不管盈盈，早与安排金屋，还教一片随波去，又却怨、玉龙哀曲，等恁时、重觅幽香，已入小窗横幅。

曲词已尽，余韵袅然未绝，姜夔有些惊奇地望着小红，想不到她领悟力如此之强，竟能把两首从未见过的新曲新词唱得清隽秀雅，传神地表达出自己词中之意，真是一位不可多得的灵慧少女。

"好词！"范成大击节赞赏。

姜夔道："不是词好，是唱得好。"

小红笑逐颜开，抬起头来，正碰上他柔和的目光，两人目光一触，突然之间，两人的心都怦怦地跳了起来，小红不由自主红了脸。

范成大暗中笑了，他已经有了一个决定。

曲声悠然渐逝，小红倚在姜夔肩头，两人依然沉浸在温馨与安宁之中，只盼望就这样一生一世，天长地久……

庾郎先自吟愁赋

深秋。

月明如水,高高的梧桐树落尽了叶子,像被月光洗刷过一般,显得干净清亮。

露水很浓,草丛在月光下隐约闪动着晶莹的光泽。

茉莉花香若有若无地飘来,勾起人心中一丝若有若无的惆怅。

翠绿的苔藓顺着墙根伸展,萤火虫就在那墙角阴暗处飘忽起落,一只蟋蟀不知在何处叫了起来。

画栋雕梁的明堂里,推杯换盏的人们不约而同静了下来,蟋蟀的叫声在静寂中显得更加悲凉、凄切。

"明月皎夜光,促织鸣东壁。"不知是谁悠然兴会,吟起古诗中的句子,然后笑道,"促织入诗,由来已久,却没有多少名句。"

"那是因为促织身价日涨,玩的花样也越来越多。"著名词人姜夔尖刻地说道，"五代王仁裕《开元天宝遗事》中已经记载：'宫中妃妾皆以小金笼闭蟋蟀置枕函畔，夜听其声，民间争效之。'后来又兴起斗蟋蟀，往往万金之资，付之一喙，此风至今不衰……"

"而且大有愈演愈烈之势，"张镃接过话头，"据说汴京现在一只蟋蟀可以卖到二三十万钱，那些富贵之人买回去后，用象牙雕成楼阁来收藏。"

"半壁江山沦陷，江南旱灾连着涝灾，民不聊生，这些达官贵人倒有心思玩蟋蟀！"姜夔愤怒地说道。

"也有比较有作为的，"张镃叹了口气，"可惜……"

"你是指赵丞相？"姜夔敏感地问，"他怎么了？"

张镃道："他现在很受排挤，恐怕不久于相位；到那时，朝中就连一个有志之士也没有了。"

姜夔不禁深深看了他一眼，张镃神色沉郁，似乎想起了他的先祖——抗金名将张俊，想起了他的彪炳功勋，后来却支持秦桧，力主和议，不肯援救身陷冤狱的岳飞。如果岳飞不死……

"好了好了，"身为主人的张达可想打破席间的沉闷气氛，"莫谈国事，谈也无用，徒然自寻烦恼，我们还是喝酒听曲吧。"

"何必听曲呢？"张镃摆脱掉恼人的思绪，"听蟋蟀叫，不是更有意味吗？古人说：'促织鸣，懒妇惊。'其实蟋蟀

只是自己叫自己的,懒妇惊不惊,与它才是毫不相干呢。"

张达可笑道:"这好像是陆玑《毛诗疏义》里的话,《诗经·豳风》里'七月在野,八月在宇,九月在户,十月蟋蟀入我床下',大概是写蟋蟀的最早诗句了。"

张镃点了点头,笑道:"我小时候还捉过蟋蟀呢。这小东西可真是机灵,先得听准声音在哪个洞里,然后赶紧拿水灌,灯笼照准洞口,它便会一下子跳出来……"

他兴致勃勃地讲述着,姜夔礼貌地听着,却几乎一句也没听进去,他无法摆脱沉重的心情,他想起不久前读到的大诗人陆游的新作《雨夜书感》中的一句诗:"春残桃李尽,风雨闭空馆。"这句诗仿佛正是自己心情的写照。张镃虽然仕途不顺,但毕竟出身豪门,长期为官,很多事没有经历,不必去考虑;而姜夔却是多年辗转漂泊,反复品味短暂相逢与长期离别的愁苦,也深深体会到残山剩水、风雨如磐的悲凉。他忽然觉得这酒筵如此无聊,心绪恍然飞向伊人身畔,那个他为之写下了许多新词的女子,此刻是否正在窗前灯下,独自听着蟋蟀低鸣?一任思绪慢慢展开……

一阵欢呼把姜夔从沉思中惊醒,张镃正向他亲切地问道:"白石意下如何?"

姜夔歉然道:"抱歉,我走了一下神,没有听见,是什么事?"

张镃耐心地:"今日佳会,不可无词,你我各作一首,看谁先成。"

姜夔想了想，道："好吧。"

侍女们已经摆好桌案，设下文房四宝，张镃提笔略一沉思，便写了起来："月洗高梧，露溥幽草，宝钗楼外秋深。"

人们不待他写下去，已经轰然叫起好来。张达可赞道："'洗'字传神，真是一字千金。"

张镃笑而不答，继续写道："土花沿翠，萤火坠墙阴。静听寒声断续，微韵转、凄咽悲沉。争求侣，殷勤劝织，促破晓机心。儿时，曾记得，呼灯灌穴，敛步随音。任满身花影，犹自追寻。携向画堂戏斗，亭台小、笼巧妆金。今休说，从渠床下，凉夜伴孤吟。"

他一边写，众人一边啧啧称赞，有人赞道："'呼灯灌穴'何等高兴，'敛步随音'何等紧张，'犹自追寻'何等专注，'画堂戏斗'何等怡然，真是生花妙笔，如有神助。"

"名家妙手，自然非比寻常，想当年那首《菩萨蛮》中咏芭蕉'潇洒绿衣长'一句，真可谓倾动当世。"

张达可一边吩咐歌女准备演唱，一边又向姜夔笑道："白石，这回你可落后了，待会儿若拿不出一篇惊人之作，非灌你三海斗不成。"

姜夔笑笑道："功甫这首《满庭芳》当真满庭生芳，今天我只怕是输定了。"

张达可笑道："你可不许不战而降，快好好想吧，等这首唱完,就该你了。"

众人安静下来,乐师们调弦转柱,一名歌女已经准备好,乐声渐起。

姜夔悄悄走出屋外,茉莉花香萦绕鼻端,他深深吸了口气,抬起头来,秋月清辉满盈于天地之间;低下头,草叶上的露珠在月光下异常纯净晶莹。

"露从今夜白,月是故乡明",蓦然忆起久违的故乡,也同时想起前人的名句,"举头望明月,低头思故乡",为什么明月总是和故乡联在一起呢?而自古以来,写乡关之思最深最浓的,当推是庾信的《别赋》……

思绪渐远,屋中的歌声乐音仿佛也已变远;很近很近的地方,却有一只蟋蟀忽然叫了起来,声音如此婉转、凄凉……

姜夔突然转身回到屋里,歌女还没有唱完,人们都没有注意到他,他一句话也没有说,提笔蘸墨,写下了一首《齐天乐》:

> 庾郎先自吟愁赋,凄凄更闻私语。露湿铜铺,苔侵石井,都是曾听伊处。哀音似诉,正思妇无眠,起寻机杼。曲曲屏山,夜凉独自甚情绪?
>
> 西窗又吹暗雨。为谁频断续,相和砧杵?候馆迎秋,离宫吊月,别有伤心无数。豳诗漫与。笑篱落呼灯,世间儿女。写入琴丝,一声声更苦。

却笑英雄无好手

　　湖水千顷，一望无际，远处水天一色，微风徐来，令人心旷神怡。

　　一叶扁舟缓缓驶过，老船夫骄傲地大声道："我们巢湖水清鱼肥，什么洞庭啊、太湖啊，全都比不了。客官你见多识广，你说对不对？"

　　船中客人笑了起来，应道："对，当然对。"

　　老船夫满意地点点头，船中客人忽然探出头来，问道："远处好像有箫鼓之声，他们在干什么？"

　　老船夫道："你说这鼓声啊，那是祭湖神呢，前面不远就是圣姥庙了。"

　　客人问道："什么圣姥？"

　　老船夫道："当然是巢湖圣姥，巢湖难道会祭太湖圣姥不成？"

　　客人要求道："为什么要祭圣姥呢，老人家您讲来听听？"

老船夫道："好吧。很早很早以前，我们巢湖还是一片陆地，叫作巢州。后来不知怎么，忽然陷落成湖，好多人都淹死了。有一位焦姥和她女儿分别逃到山上去避水，焦姥上的山就叫作姥山，她的女儿上的山叫作孤山，再后来人们在姥山对面的北岸修了一座圣姥祠。有求必应，灵得很呢。"

客人无可奈何地摇头笑笑，转开话题，问道："什么时候能到濡须口？"

老船夫答道："今天看来是没指望了，没风，船走不快。"

客人不由得想起初唐王勃，他写下千古传诵的《滕王阁序》，于是天赐大风，使他的船一日千里。客人随口笑道："圣姥有灵，为什么不肯赐我一帆顺风，让我今天能看到当年曹操屯兵的濡须口呢？"

老船夫接口道："圣姥当然灵验，今年正月还显了一次灵呢。客官知不知道有一位姜相公，作曲子很有名的？"

"姜夔姜白石？"客人来了兴致，"当然知道，他和圣姥有什么关系？"

老船夫不急不忙地说道："有啊，今年正月，姜相公也从我们巢湖过，要赶到居巢去。可是正月风平浪静，船走得比蜗牛还慢，姜相公正在着急，忽然听见对岸敲锣打鼓正热闹，于是就像客官你一样问了——"

客人不禁微笑起来，箫鼓声似乎近了一些。

"正月是圣姥做寿，比现在还热闹得多。姜相公问明白之后，就许愿说，如果圣姥送他一阵顺风，直到居巢，他就写一支好曲子作迎送神曲。话刚说完，呼地就刮起一阵大风，船快得像飞一样。姜相公马上拿出纸笔就写，他的笔比船还快，有句话叫……叫文什么点……"

"文不加点。"客人道。

"对了，文不加点，船还没到居巢，姜相公已经写完了。他写在一张绿纸上，把纸沉到水里去了……"

客人失望地"啊"了一声，道："可惜读不到了。"

老船夫笑道："别担心，六月姜相公又过巢湖，把它刻在圣姥祠的柱子上了。现在巢湖人人都会唱。"

客人追问道："您老人家也会吗？"

老船夫呵呵笑道："我年轻的时候唱歌还可以，如今老喽，唱不出来了。不过，客官你听，现在祭神的就是这支曲子。"

箫鼓声逐渐接近，客人凝神听了一会儿，道："好像是《满江红》，可又有点不对。"

老船夫道："是《满江红》，不过一般《满江红》是仄韵，这支是平韵。"

客人惊奇地说道："老人家懂得真多啊。"

老船夫笑道："我老头子懂什么，这是姜相公自己说的。

他写完之后，特别高兴，说他想写一支平韵《满江红》已经很久了，可总是写不成，想不到这次居然写成了，真是圣姥有灵；还说当年曹操一直打到濡须口，无人抵挡，因为春天水涨才退兵，大概也是圣姥显灵。"

客人笑道："这未免太独出心裁了，那是因为孙权写给曹操一封信说，'春水方生，公宜速去'，曹操出后日久，也正想收兵，借机下台，说'孙权不欺孤'，所以才撤军北还。"

老船夫道："反正姜相公是那么说的，说完之后，还长长叹了口气。"

客人失笑道："姜白石也坐的这条船吗？您说得像亲眼看见一样。"

老船夫也笑了，道："我有个侄儿在姜相公船上，总不会有错的。可我不明白姜相公为什么叹气，他顺风也有了，曲子也作好了，有什么好叹气的呢？难道是为了曹操？"

客人沉默了，他明白当时姜夔的心情。可是他如何对老船夫讲北方强敌压境，一心要"立马吴山第一峰"，而江南的朝廷只沉醉于"直把杭州作汴州"的西湖歌舞之中，无人守边，无人抗敌？！难道真的是须眉无用，寄望巾帼，将闲士安，寄望神仙吗？